萌宠物语系列

狗趣

巴金 等◎著

中国文史出版社
CHINA CULTURAL AND HISTORICAL PRESS

图书在版编目（CIP）数据

狗趣 / 巴金等著. —北京：中国文史出版社，
2020.1

（萌宠物语系列 / 张春霞主编）

ISBN 978-7-5205-1824-6

Ⅰ.①狗… Ⅱ.①巴… Ⅲ.①散文集—中国—现代
Ⅳ.①I266

中国版本图书馆CIP数据核字（2019）第277966号

责任编辑：张春霞　高贝

出版发行：**中国文史出版社**

社　　址：北京市海淀区西八里庄69号院　邮编：100142

电　　话：010-81136606　81136602　81136603（发行部）

传　　真：010-81136655

印　　装：北京新华印刷有限公司

经　　销：全国新华书店

开　　本：787mm×1092mm　1/32

印　　张：7.5　字数：163千字

版　　次：2020年6月第1版

印　　次：2020年6月第1次印刷

定　　价：36.80元

狗趣

Lilly 发脾气

程乃珊

    Lilly 是一条我们养到十六岁的哈斯基，性格忠厚憨直，十分温和。但凡有客人按门铃，它便会在屋内咆哮，龇牙咧嘴，表情凶恶；可是一旦见我们与门外人和气交谈——包括邮递员、收管理费的保安，它也会立即摇尾以示友好；如果我们对来访者感觉有点生疏陌生，反复核问时，它就会在屋内向陌生人示威，为我们壮胆。其实，它又听不懂我们交谈的内容，只是凭语气，它就能辨得出我们是友好还是疑问，真是十分聪明。因此，Lilly 在我家备受宠爱与关怀。二十年前在上海养宠物仍属于十分稀罕，Lilly 难得在弄堂里散步，常会引起四周人围观，它好不得意。有时没人围观，它还会故意吼几声招人注意。只是因它身形高大怕吓着人，所以我们很少让它到弄堂去。好在家中有个院子，那是它闲庭散步的空间，因为它的"厕所"也在那里，故而院子里的树木长得特别苗壮。

在Lilly十岁的时候，我又抱了一只小狗Lucky回来。这是一只北京袖珍犬，棕白色，十分可爱。它的主人要移民离开上海，知道我和先生都是爱狗之人，托孤给我们养。我们先征询婆婆意见，她倒没意见，Lilly却有意见了。

我们抱着Lucky刚拐入弄堂口，Lilly已在家中发脾气——往院子里的阴暗角落里钻，千呼万唤方出来。叫它来招呼下小弟弟，它就是不睬它，气得直喘气。Lucky也精灵，十分明白自己是否可以成为这个新家的一员，完全取决于这位大家伙的首肯。小Lucky举起小爪子敬礼般抬起身子向它致意，Lilly还是不理它，之后干脆气呼呼地上楼去了。

就这样，Lilly整整一日水也不喝，饭也不吃，趴在黑乎乎的床底下或沙发上生闷气。

Lucky可是老实不客气，吃饱喝足后，自顾四处溜达熟悉环境。

晚上有客来敲门，门一开来不及打招呼，Lilly已"嗖"的一下从开着的门缝里蹿了出去。它给我们玩"出走"呀！我们急坏了，它连狗圈狗牌都没有挂，万一给人抓住，会被当作无证犬处理；我们还怕它出去咬人——虽然它脾气温顺，但也会发犟劲，今天心情不好，谁知会做出什么傻事。我们更担心的是，它就这样一去不复返了。

我和先生及友人手持电筒走出弄堂焦急地叫着："Lilly，Lilly，爸爸妈妈还是宝贝你的，快点回来！"后来邻居说，我的叫声悲戚绝望如叫魂，在黑夜中听上去十分凄凉。

狗趣

当时我们隔壁弄堂正在拆迁，晚上大片工地无人，只有几个民工在值班。

"你们是寻狗？喏，见它蹿进去，你去里厢找找。"

我们走进黑漆漆的工地，一面叫一面找，果然，在一堆烂木头里，我们发现Lilly蜷在里面直喘气。先生将它唤出来，抱在肩头上。几十斤重的狗伏在先生肩头看上去怪怪的，但为了安抚它劝它回家，只好像哄小孩那样任它"作"一"作"了。

谁知刚拐进弄堂，它又开始急喘气，也不叫也不闹。为了不刺激它，我们让Lilly待在楼下客厅里，将它的"床"也搬下来，它还是不吃不喝。

Lucky却已是十分喜爱这个新家，听到我们回来了，从楼上活泼地蹦下来迎接我们。这下可更伤了Lilly的心，它开始全身抽筋，整个身子拉成细长的一条，痛苦不堪的样子。吓得我们忙打电话请教熟悉的狗医生小梁，小梁不慌不忙地说："将新来的小狗送掉，只有这帖药。"

当夜，先生守着Lilly在楼下沙发上胡乱过了一夜，我陪着Lucky在楼上辗转难眠——短短一个昼夜，我已给Lilly折腾得嘴角烧起两个水疱。只一日工夫，Lucky已与我们建立良好的感情，但看来，它与我们还是没有缘分。

第二天，另外一位朋友将Lucky抱走了。门刚刚关上，Lilly马上将一大碗拌好的隔夜饭吃个精光，胃口大开，一点不嫌饭食是隔夜的，然后开始在院子里活蹦乱跳追麻雀。与隔夜痛苦不堪、抽筋大喘气的样子判若两"狗"。

　　它不会是装病吧？它怎么如此轻易断定Lucky这一走就不会回来？Lilly似是听得懂我们的话的，从此它又恢复"三千宠爱在一身"的自信。

　　Lilly快活地活到十六岁。那晚是圣诞夜，因为客人川流不息，我们索性让后门开着，Lilly就是这样离开它生活了十六年的家的，那一年它的眼睛已经瞎了。Lilly的突然失踪令我们悲恸不止，有经验的老保姆说："狗不会死在自己的家里。当它知生命将尽时，它自己会出走找个地方离开人世。"只是我们不知道它会去哪里，因为我们始终没有找到它的遗体。而我们家在静安寺市中心，不在郊区，不过当时四周有许多大工地。

　　Lilly陪伴了我们十六年，我们永远怀念它。

　　Lucky的命运就不那么lucky了，那位朋友没有为它办好狗证，结果在一次大搜查中，Lucky给抓了进去！对Lucky，我们始终心怀歉疚！

"小趋"记情

杨绛

　　我们菜园班的那位诗人从砖窑里抱回一头小黄狗。诗人姓区。偶有人把姓氏的"区"读如"趣"，阿香就为小狗命名"小趋"。诗人的报复很妙：他不为小狗命名"小香"，却要它和阿香排行，叫它"阿趋"。可是"小趋"叫来比"阿趋"顺口，就叫开了。好在菜园以外的人，并不知道"小趋"原是"小区"。

　　我们把剩余的破砖，靠窝棚南边给"小趋"搭了一个小窝，垫的是秫秸；这个窝又冷又硬。菜地里纵横都是水渠，小趋初来就掉入水渠。天气还暖的时候，我曾一足落水，湿鞋湿袜渥了一天，怪不好受的；瞧小趋滚了一身泥浆，冻得索索发抖，很可怜它。如果窝棚四周满地的秫秸是稻草，就可以抓一把为它抹拭一下。秫秸却太硬，不中用。我们只好把它赶到太阳里去晒。太阳只是"淡水太阳"，没有多大暖气，却带着凉飕飕的风。

　　小趋虽是河南穷乡僻壤的小狗，在它妈妈身边，总有点母奶可吃。我们却没东西喂它，只好从厨房里拿些白薯头和零碎的干馒头泡软了喂。我们菜园班里有一位十分"正确"的老先生。他看见用白面馒头（虽然是零星残块）喂狗，疾言厉色把班长训了一顿："瞧瞧老乡吃的是什么？你们拿白面喂狗！"我们人人抱愧，从此只敢把自己嘴边省下的白薯零块来喂小趋。其实，馒头也罢，白薯也罢，都不是狗的粮食。所以小趋又瘦又弱，老也长不大。

　　一次阿香满面忸怩，悄悄在我耳边说："告诉你一件事。"说完又怪不好意思地笑个不停，然后她告诉我："小趋——你知道吗？——在厕所里——偷——偷粪吃！！"

　　我忍不住笑了。我说："瞧你这副神气，我还以为是你在那里偷吃呢！"

　　阿香很担心："吃惯了，怎么办？脏死了！"

　　我说，村子里的狗，哪一只不吃屎！我女儿初下乡，同炕的小娃子拉了一大泡屎在炕席上，她急得忙用大量手纸去擦。大娘跑来嗔她糟蹋了手纸——也糟蹋了粪。大娘"呜——噜噜噜噜噜"一声喊，就跑来一只狗，上炕一阵子舔吃，把炕席连娃娃的屁股都舔得干干净净，不用洗，也不用擦。每天早晨，听到东邻西舍"呜——噜噜噜噜噜"呼狗的声音，就知道各家娃娃在喂狗呢。

　　我下了乡才知道为什么猪是不洁的动物，因为猪和狗有同嗜。不过猪不如狗有礼让，只顾贪嘴，全不识趣，会把蹲着的人撞倒。狗只远远坐在一旁等待；到了时候，才摇摇尾巴过去享受。我们住在村里，和村里的狗不仅成了相识，对它们还有养育之恩呢。

假如猪狗是不洁的动物，蔬菜是清洁的植物吗？蔬菜是吃了什么长大的？素食的先生们大概没有理会。

我告诉阿香，我们对"屡诫不改"和"本性难移"的人有两句老话。一是："你能改啊，狗也不吃屎了。"一是："你简直是狗对粪缸发誓！"小趋不是洋狗，没吃过西洋制造的罐头狗食。它也不如其他各连养的狗，据说他们厨房里的剩食可以喂狗，所以他们的狗养得膘肥毛润。我们厨房的剩食只许喂猪，因为猪是生产的一部分。小趋偷食，只不过是解决自己的活命问题罢了。

默存每到我们的菜园来，总拿些带毛的硬肉皮或带筋的骨头来喂小趋。小趋一见他就蹦跳欢迎。一次，默存带来两个臭蛋——不知谁扔掉的。他对着小趋"啪"一扔，小趋连吃带舔，蛋壳也一屑不剩。我独自一人看园的时候，小趋总和我一同等候默存。它远远看见默存从砖窑北面跑来，就迎上前去，跳呀、蹦呀、叫呀、拼命摇尾巴呀，还不足以表达它的欢欣，特又饶上打个滚儿；打完一滚，又起来摇尾蹦跳，然后又就地打个滚儿。默存大概一辈子也没受到这么热烈的欢迎。他简直无法向前迈步，得我喊着小趋让开路，我们三个才一同来到菜地。

我有一位同事常对我讲他的宝贝孙子。据说他那个三岁的孙子迎接爷爷回家，欢呼跳跃之余，竟倒地打了个滚儿。他讲完笑个不了。我也觉得孩子可爱，只是不敢把他的孙子和小趋相比。但我常想：是狗有人性呢？还是人有狗样儿？或者小娃娃不论是人是狗，都有相似处？

小趋见了熟人就跟随不舍。我们的连搬往"中心点"之前，我和阿香每次回连吃饭，小趋就要跟。那时候它还只是一只娃娃狗，相当于学步的孩子，走路滚呀滚的惹人怜爱。我们怕它走累了，不让它跟，总把它塞进狗窝，用砖堵上。一次晚上我们回连，已经走到半路，忽发现小趋偷偷儿跟在后面，原来它已破窝而出。那天是雨后，路上很不好走。我们呵骂，它也不理。它滚呀滚地直跟到我们厨房兼食堂的席棚里。人家都爱而怜之，各从口边省下东西来喂它。小趋饱吃了一餐，跟着菜园班长回菜地。那是它第一次出远门。

我独守菜园的时候，起初是到默存那里去吃饭。狗窝关不住小趋，我得把它锁在窝棚里。一次我已经走过砖窑，回头忽见小趋偷偷儿远远地跟着我呢。它显然是从窝棚的秫秸墙里钻了出来。我呵止它，它就站住不动。可是我刚到默存的宿舍，它跟脚也来了；一见默存，快活得大蹦大跳。同屋的人都喜爱娃娃狗，争把自己的饭食喂它。小趋又饱餐了一顿。

小趋先不过是欢迎默存到菜园来，以后就跟随不舍，但它只跟到溪边就回来。有一次默存走到老远，发现小趋还跟在后面。他怕走累了小狗，捉住它送回菜园，叫我紧紧按住，自己赶忙逃跑。谁知那天他领了邮件回去，小趋已在他宿舍门外等候，跳跃着呜呜欢迎。它迎到了默存，又回菜园来陪我。

我们全连迁往"中心点"以后，小趋还靠我们班长从食堂拿回的一点剩食过日子，很不方便。所以过了一段时候，小趋也搬到"中心点"上去了。它近着厨房，总有些剩余的东西可吃；不过它就和旧菜地失去了联系。我每天回宿舍晚,也不知它的窝在哪里。连里有许多人爱狗;但也有人以为狗只是资产阶级夫人小姐的玩物。所以我待小趋向来只是淡淡的,从不爱抚它。小趋不知怎么早就找到了我住的房间。我晚上回屋,旁人常告诉我:"你们的小趋来找过你几遍了。"我感它相念,无以为报,常攒些骨头之类的东西喂它,表示点儿意思。以后我每天早上到菜园去,它就想跟。我喝住它,一次甚至捡起泥块掷它,它才站住了,只远远望着我。有一天下小雨,我独坐在窝棚内,忽听得"呜"一声,小趋跳进门来,高兴得摇着尾巴叫了几声,才傍着我趴下。它找到了由"中心点"到菜园的路!

我到默存处吃饭,一餐饭再加路上来回,至少要半小时。我怕菜园没人看守,经常在"威虎山"坡下某连食堂买饭。那儿离菜园只六七分钟的路。小趋来做客,我得招待它吃饭。平时我吃半份饭和菜,那天我买了正常的一份,和小趋分吃。食堂到菜园的路虽不远,一路的风很冷。两手捧住饭碗也挡不了寒,饭菜总吹得冰凉,得细嚼缓吞,用嘴里的暖气来加温。小趋哪里等得及我吃完了再喂它呢,不停地只顾蹦跳着讨吃。我得把饭碗一手高高擎起,舀一匙饭和菜倒在自己嘴里,再舀一匙倒在纸上,用另一手送与小趋;不然它就不客气要来舔我的碗匙了。我们这样分享了晚餐,然后我洗净碗匙,收拾了东西,带着小趋回"中心点"。

可是小趋不能保护我,反得我去保护它。因为短短两三个月内,它已由娃娃狗变成小姑娘狗。"威虎山"上堆藏着木材等东西,养一头猛狗名"老虎";还有一头灰狗也不弱。它们对小趋都有爱慕之意。小趋还小,本能地怕它们。它每次来菜园陪我,归途就需我呵护,喝退那两只大狗。我们得沿河走好一段路。我走在高高的堤岸上,小趋乖觉地沿河在坡上走,可以藏身。过了桥走到河对岸,小趋才得安宁。

　　幸亏我认识那两条大狗——我蓄意结识了它们。有一次我晚饭吃得太慢了,锁上窝棚,天色已完全昏黑。我刚走上西边的大道,忽听得"呜——wǔ wǔ wǔ wǔ……",只见面前一对发亮的眼睛,接着看见一只大黑狗,拱着腰,仰脸狰狞地对着我。它就是"老虎",学部干校最凶猛的狗。我住在老乡家的时候,晚上回村,有时迷失了惯走的路,脚下偶一趔趄,村里的狗立即汪汪乱叫,四方窜来,就得站住脚,学着老乡的声调喝一声"狗!"——据说村里的狗没有各别的名字——它们会慢慢退去。"老虎"不叫一声直蹿前来,确也吓了我一跳。但我出于习惯,站定了喝一声"老虎!"它居然没扑上来,只"wǔ wǔ wǔ wǔ……"低吼着在我脚边嗅个不了,然后才慢慢退走。以后我买饭碰到"老虎",总叫它一声,给点儿东西吃。灰狗我忘了它的名字,它和"老虎"是同伙。我见了它们总招呼,并牢记着从小听到的教导:对狗不能矮了气势。我大约没让它们看透我多么软弱可欺。

　　我们迁居"中心点"之后,每晚轮流巡夜。各连方式不同。我们连里一夜分四班,每班二小时。第一班是十点到十二点,末一班是早上四点到六点。这两班都是照顾老弱的,因为迟睡或早起,比打断了睡眠半夜起床好受些。各班都二人同巡，只第一班单独一人，据说这段时间比较安全，偷窃最频繁是在凌晨三四点左右。单独一人巡夜，大家不甚踊跃。我愿意晚睡，贪图这一班，也没人和我争。我披上又长又大的公家皮大衣，带个手电，十点熄灯以后，在宿舍四周巡行。巡行的范围很广，从北边的大道绕到干校放映电影的广场，沿着新菜园和猪圈再绕回来。熄灯十多分钟以后，四周就寂无人声。一个人在黑地里打转，时间过得很慢很慢。可是我有时不止一人，小趋常会"呜呜"两声，蹿到我脚边来陪我巡行几周。

　　小趋陪我巡夜，每使我记起清华"三反"时每晚接我回家的小猫"花花儿"。我本来是个胆小鬼，不问有鬼无鬼，反正就是怕鬼。晚上别说黑地里，便是灯光雪亮的地方，忽然间也会胆怯，不敢从东屋走到西屋。可是"三反"中整个人彻底变了，忽然不再怕什么鬼。系里每晚开会到十一二点，我独自一人从清华的西北角走回东南角的宿舍。路上有几处我向来特别害怕，白天一人走过，或黄昏时分有人做伴，心上都寒凛凛的。"三反"时我一点不怕了。那时候默存借调在城里工作，阿圆在城里上学，住宿在校，家里的女佣早已入睡，只花花儿每晚在半路上的树丛里等着我回去。它也像小趋那样轻轻地"呜"一声，就蹿到我脚边，两只前脚在我脚踝上轻轻一抱——假如我还胆怯，准给它吓坏——然后往前蹿一丈路，又回来迎我，又往前蹿，直到回家，才坐在门口仰头看我掏钥匙开门。小趋比花花儿驯服，只紧紧地跟在脚边。它陪伴着我，我却在想花花儿和花花儿引起的旧事。自从搬家走失了这只猫，我们再不肯养猫了。如果记取佛家"不三宿桑下"之戒，也就不该为一只公家的小狗留情。可是小趋好像认定了我做主人——也许只是我抛不下它。

一次，我们连里有人骑自行车到新蔡。小趋跟着车，直跑到新蔡。那位同志是爱狗的，特地买了一碗面请小趋吃；然后把它装在车兜里带回家。可是小趋累坏了，躺下奄奄一息，也不动，也不叫，大家以为它要死了。我从菜园回来，有人对我说："你们的小趋死了，你去看看它呀。"我跟他跑去，才叫了一声小趋，它认得声音，立即跳起来，汪汪地叫，连连摇尾巴。大家放心说："好了！好了！小趋活了！"小趋不知道居然有那么多人关心它的死活。

过年厨房里买了一只狗，烹狗肉吃，因为比猪肉便宜。有的老乡爱狗，舍不得卖给人吃。有的肯卖，却不忍心打死它。也有的肯亲自打死了卖。我们厨房买的是打死了的。据北方人说，煮狗肉要用硬柴火，煮个半烂，蘸葱泥吃——不知是否鲁智深吃的那种？我们厨房里依阿香的主张，用浓油赤酱，多加葱姜红烧。那天我回连吃晚饭，特买了一份红烧狗肉尝尝，也请别人尝尝。肉很嫩，也不太瘦，和猪的精肉差不多。据大家说，小趋不肯吃狗肉，生的熟的都不吃。据区诗人说，小趋衔了狗肉，在泥地上扒了个坑，把那块肉埋了。我不信诗人的话，一再盘问，他一口咬定亲见小趋叼了狗肉去埋了。可是我仍然相信那是诗人的创造。

忽然消息传来，干校要大搬家了。领导说，各连养的狗一律不准带走。我们搬家前已有一队解放军驻在"中心点"上。阿香和我带着小趋去介绍给他们，说我们不能带走，求他们照应。解放军战士说:"放心,我们会养活它;我们很多人爱小牲口。"阿香和我告诉他,小狗名"小趋",还特意叫了几声"小趋",让解放军知道该怎么称呼。

我们搬家那天,乱哄哄的,谁也没看见小趋,大概它找伴儿游玩去了。我们搬到明港后,有人到"中心点"去料理些未了的事,回来转述那边人的话:"你们的小狗不肯吃食,来回来回地跑,又跑又叫,满处寻找。"小趋找我吗?找默存吗?找我们连里所有关心它的人吗?我们有些人懊悔没学别连的样,干脆违反纪律,带了狗到明港。可是带到明港的狗,终究都赶走了。

默存和我想起小趋,常说:"小趋不知怎样了?"

默存说:"也许已经给人吃掉,早变成一堆大粪了。"

我说:"给人吃了也罢。也许变成一只老母狗,拣些粪吃过日子,还要养活一窝又一窝的小狗……"

一条老狗

季羡林

自己也不知道是什么原因，我总会不时想起一条老狗来。在过去七十年的漫长的时间内，不管我是在国内，还是在国外，不管我是在亚洲，在欧洲，在非洲，一闭眼睛，就会不时有一条老狗的影子在我眼前晃动，背景是在一个破破烂烂篱笆门前，后面是绿苇丛生的大坑，透过苇丛的疏隙处，闪亮出一片水光。

这究竟是怎么一回事呢？

无论用多么夸大的词句，也绝不能说这一条老狗是逗人喜爱的。它只不过是一条最普普通通的狗，毛色棕红，灰暗，上面沾满了碎草和泥土，在乡村群狗当中，无论如何也显不出一点特异之处，既不凶猛，又不魁梧。然而，就是这样一条不起眼儿的狗却揪住了我的心，一揪就是七十年。

因此，话必须从七十年前说起。当时我还是一个不谙世事的毛头小伙子，正在清华大学读西洋文学系二年级。能够进入清华园，是我平生最满意的事情，日子过得十分惬意。然而，好景不长。有一天，是在秋天，我忽然接到从济南家中打来的电报，只是四个字："母病速归。"我仿佛是劈头挨了一棒，脑筋昏迷了半天。我立即买好了车票，登上开往济南的火车。

我当时的处境是，我住在济南叔父家中，这里就是我的家，而我母亲却住在清平官庄的老家里。整整十四年前，我六岁的那一年，也就是1917年，我离开了故乡，也就是离开了母亲，到济南叔父处去上学。我上一辈共有11位叔伯兄弟，而男孩却只有我一个。济南的叔父也只有一个女孩，于是，在表面上我就成了一个宝贝蛋。然而真正从心眼里爱我的只有母亲一人，别人不过是把我看成能够传宗接代的工具而已。这一层道理一个六岁的孩子是无法理解的。可是离开母亲的痛苦我却是理解得又深又透的。到了济南后第一夜，我生平第一次不在母亲怀抱里睡觉，而是孤身一个人躺在一张小床上，我无论如何也睡不着，我一直哭了半夜。这是怎么一回事呀！为什么把我弄到这里来了呢？"可怜小儿女，不解忆长安。"母亲当时的心情，我还不会去猜想。现在追忆起来，她一定会是肝肠寸断，痛哭绝不止半夜。现在，这已成了一个万古之谜，永远也不会解开了。

从此我就过上了寄人篱下的生活。我不能说，叔父和婶母不喜欢我，但是，我唯一被喜欢的资格就是我是一个男孩。不是亲生的孩子同自己亲生的孩子感情必然有所不同，这是人之常情，用不着掩饰，更用不着美化。我在感情方面不是一个麻木的人，一些细枝末节，我体会极深。常言道，没娘的孩子最痛苦。我虽有娘，却似无娘，这痛苦我感受得极深。我是多么想念我故乡里的娘呀！然而，天地间除了母亲一个人外有谁真能了解我的心情我的痛苦呢？因此，我半夜醒来一个人偷偷地在被窝里吞声饮泣的情况就越来越多了。

　　在整整14年中，我总共回过三次老家。第一次是在我上小学的时候，为了奔大奶奶之丧而回家的。大奶奶并不是我的亲奶奶，但是从小就对我疼爱异常。如今她离开了我们，我必须回家，这似乎是天经地义的事情。这一次我在家只住了几天，母亲异常高兴，自在意中。第二次回家是在我上中学的时候，原因是父亲卧病。叔父亲自请假回家，看自己共过患难的亲哥哥。这次在家住的时间也不长。我每天坐着牛车，带上一包点心，到离开我们村相当远的一个大地主兼中医的村里去请他，到我家来给父亲看病，看完再用牛车送他回去。路是土路，坑洼不平，牛车走在上面，颠颠簸簸，来回两趟，要用去差不多一整天的时间。至于医疗效果如何呢？那只有天晓得了。反正父亲的病没有好，也没有变坏。叔父和我的时间都是有限的，我们只好先回济南了。过了没有多久，父亲终于走了。叔父到济南来接我回家。这是我第三次回家，同第一次一样，专为奔丧。在家里埋葬了父亲，又住了几天。现在家里只剩下了母亲和二妹两个人。家里失掉了男主人，一个妇道人家怎样过那种只有半亩地的穷日子，母亲的心情怎样，我只有十一二岁，当时是难以理解的。但是，我仍然必须离开她到济南去继续上学。在这样万般无奈的情况下，但凡母亲还有不管是多么小的力量，她也绝不会放我走的。可是，她连一丝一毫的力量也没有。她一字不识，一辈子连个名字都没有能够取上，做了一辈子"季赵氏"。到了今天，父亲一走，她怎样活下去呢？她能给我饭吃吗？不能的，绝不能的。母亲心内的痛苦和忧愁，连我都感觉到了。最后她只能眼睁睁地看着自己最亲爱的孩子离开了自己，走了，走了。谁会知道，这是她最后一次看到自己的儿子呢？谁会知道，这也是我最后一次见到母亲呢？

回到济南以后，我由小学而初中，而初中而高中，由高中而到北京来上大学，在长达八年的过程中，我由一个混混沌沌的小孩子变成了一个青年人，知识增加了一些，对人生了解得也多了不少。对母亲当然仍然是不断想念的。但在暗中饮泣的次数少了，想的是一些切切实实的问题和办法。我梦想，再过两年，我大学一毕业，由于出身一个名牌大学，抢一只饭碗是不成问题的。到了那时候，自己手头有了钱，我将首先把母亲迎至济南。她才四十来岁，今后享福的日子多着哩。

可是我这一个奇妙如意的美梦竟被一张"母病速归"的电报打了个支离破碎。我现在坐在火车上，心惊肉跳，忐忑难安。哈姆莱特问的是 to be or not to be，我问的是，母亲是病了，还是走了？我没有法子求签占卜，可我又偏想知道个究竟，我于是自己想出了一套占卜的办法。我闭上眼睛，如果一睁眼我能看到一根电线杆，那母亲就是病了；如果看不到，就是走了。当时火车速度极慢，从北京到济南要走十四五个小时。就在这样长的时间内，我闭眼又睁眼反复了不知多少次。有时能看到电线杆，则心中一喜。有时又看不到，心中则一惧。到头来也没能得出一个肯定的结果。我到了济南。

到了家中，我才知道，母亲不是病了，而是走了。这消息对我真如五雷轰顶，我昏迷了半晌，躺在床上哭了一天，水米不曾沾牙。悔恨像大毒蛇直刺入我的心窝。在长达八年的时间内，难道你就不能在任何一个暑假内抽出几天时间回家看一看母亲吗？二妹在前几年也从家乡来到了济南，家中只剩下母亲一个人，孤苦伶仃，形单影只，而且又缺吃少喝，她日子是怎么过的呀！你的良心和理智哪里去了？你连想都不想一下吗？你还能算得上是一个人吗？我痛悔自责，找不到一点能原谅自己的地方。我一度曾想到自杀，追随母亲于地下。但是，母亲还没有埋葬，不能立即实行。在极度痛苦中我胡乱诌了一副挽联：

一别竟八载，多少次倚闾怅望，眼泪和血流，迢迢玉宇，高处寒否！

为母子一场，只留得面影迷离，入梦浑难辨，茫茫苍天，此恨曷极！

对仗谈不上，只不过想聊表我的心情而已。

叔父婶母看着苗头不对，怕真出现什么问题，派马家二舅陪我还乡奔丧。到了家里，母亲已经成殓，棺材就停放在屋子中间。只隔一层薄薄的棺材板，我竟不能再见母亲一面，我与她竟是人天悬隔矣。我此时如万箭钻心，痛苦难忍，想一头撞死在母亲棺材上，被别人死力拽住，昏迷了半天，才醒转过来。抬头看屋中的情况，真正是家徒四壁，除了几只破椅子和一只破箱子以外，什么都没有。在这样的环境中，母亲这八年的日子是怎样过的，不是一清二楚了吗？我又不禁悲从中来，痛哭了一场。

现在家中已经没了女主人，也就是说，没有了任何人。白天我到村内二大爷家里去吃饭，讨论母亲的安葬事宜。晚上则由二大爷亲自送我回家。那时村里不但没有电灯，连煤油灯也没有。家家都点豆油灯，用棉花条搓成灯捻，只不过是有点微弱的亮光而已。有人劝我，晚上就睡在二大爷家里，我执意不肯。让我再陪母亲住上几天吧。在茫茫百年中，我在母亲身边只住过六年多，现在仅仅剩下了几天，再不陪就真正抱恨终天了。于是，二大爷就亲自提一个小灯笼送我回家。此时，万籁俱寂，宇宙笼罩在一片黑暗中，只有天上的星星在眨眼. 仿佛闪出一丝光芒。全村没有一点亮光，没有一点声音。透过大坑里芦苇的疏隙闪出一点水光。走近破篱笆门时，门旁地上有一团黑东西，细看才知道是一条老狗，静静地卧在那里。狗们有没有思想，我说不准，但感情的确是有的。这一条老狗几天来大概是陷入困惑中，天天喂我的女主人怎么忽然不见了？它白天到村里什么地方偷一点东西吃，立即回到家里来，静静地卧在篱笆门旁。见了我这个小伙子，它似乎感到我也是这家的主人，同女主人有点什么关系，因此见到了我并不咬我，有时候还摇摇尾巴，表示亲昵。那一天晚上我看到的就是这一条老狗。

我孤身一个人走进屋内，屋中停放着母亲的棺材。我躺在里面一间屋子里的大土炕上，炕上到处是跳蚤，它们勇猛地向我发动进攻。我本来就毫无睡意，跳蚤的干扰更加使我难以入睡了。我此时孤身一人陪伴着一具棺材。我是不是害怕呢？不是，一点也不。虽然是可怕的棺材，但里面躺的人却是我的母亲。她永远爱她的儿子，是人，是鬼，都绝不会改变的。

正在这时候，在黑暗中外面走进来一个人，听声音是对门的宁大叔。在母亲生前，他帮助母亲种地，干一些重活，我对他真是感激不尽。他一进屋就高声说："你娘叫你哩！"我大吃一惊：母亲怎么会叫我呢？原来宁大婶撞客了，撞着的正是我母亲。我赶快起身，走到宁家。在平时这种事情我是绝对不会相信的。此时我却是心慌意乱了。只听从宁大婶嘴里叫了一声："喜子呀！娘想你啊！"我虽然头脑清醒，然而却泪流满面。娘的声音，我八年没有听到了。这一次如果是从母亲嘴里说出来的，那有多好啊！然而却是从宁大婶嘴里，但是听上去确实像母亲当年的声音。我信呢，还是不信呢，你不信能行吗？我糊里糊涂地如醉似痴地走了回来。在篱笆门口，地上黑黢黢的一团，是那一条忠诚的老狗。

我又躺在炕上，无论如何也睡不着了，两只眼睛望着黑暗，仿佛能感到自己的眼睛在发亮。我想了很多很多，八年来从来没有想到的事，现在全想到了。父亲死了以后，济南的经济资助几乎完全断绝，母亲就靠那半亩地维持生活，她能吃得饱吗？她一定是天天夜里躺在我现在躺的这一个土炕上想她的儿子，然而儿子却音信全无。她不识字，我写信也无用。听说她曾对人说过："如果我知道他一去不回头的话，我无论如何也不会放他走的！"这一点我为什么过去一点也没有想到过呢？古人说："树欲静而风不止。子欲养而亲不待。"现在这两句话正应在我的身上，我亲自感受到了；然而晚了，晚了，逝去的时光不能再追回了！"长夜漫漫何时旦？"我盼天赶快亮。然而，我立刻又想到，我只是一次度过这样痛苦的漫漫长夜，母亲却度过了将近三千次。这是多么可怕的一段时间啊！在长夜中，全村没有一点灯光，没有一点声音，黑暗仿佛凝结成为固体，只有一个人还瞪大了眼睛在玄想，想的是自己的儿子。伴随她的寂寥的只有一个动物，就是篱笆门外静卧的那一条老狗。想到这里，我无论如何也不敢再想下去了；如果再想下去的话，我不知道会出现什么样的情况。

母亲的丧事处理完，又是我离开故乡的时候了。临离开那一座破房子时，我一眼就看到那一条老狗仍然忠诚地趴在篱笆门口。见了我，它似乎预感到我要离开了，它站了起来，走到我跟前，在我腿上擦来擦去，对着我尾巴直摇。我一下子泪流满面，我知道这是我们的永别，我俯下身，抱住了它的头，亲了一口。我很想把它抱回济南，但那是绝对办不到的。我只好一步三回首地离开了那里，眼泪向肚子里流。

到现在这一幕已经过去了七十年。我总是不时想到这一条老狗。女主人没了，少主人也离开了，它每天到村内找点东西吃，究竟能够找多久呢？我相信，它绝不会离开那个篱笆门口的，它会永远趴在那里的，尽管脑袋里也会充满了疑问。它究竟趴了多久，我不知

　　道，也许最终是饿死的。我相信，就是饿死，它也会死在那个破篱笆门口，后面是大坑里透过苇丛闪出来的水光。

　　我从来不信什么轮回转生；但是，我现在宁愿信上一次。我已经九十岁了，来日苦短了。等到我离开这个世界以后，我会在天上或者地下什么地方与母亲相会，趴在她脚下的仍然是这一条老狗。

恩犬

新凤霞

经过"文化大革命"的人，谁都能回忆起1968年的干校生活。我那个干校是北京郊区大兴县天堂河劳改农场所在地，一大片小土房是劳改犯人盖的。坐大卡车到达干校，接着行李车也到了。我是"审查对象"，被指定干力气活的。我在多年劳动改造中，上下车练得很熟，双手拉住车帮，一只脚蹬上车轴铲爬上卡车，一个个行李卷向车下扔，最后跳下车来。我总是先把大家的行李摆在外面，让大家各自取走，最后我才去扛自己的行李。一进屋大家把铺盖卷都摆开占她自己的铺位，队长睡在最背风最安静靠近墙边、身边还有墙格子的地方。剩下对门迎着风口的是留给我的，这个床位是被改造对象的位置，因为除我以外满屋子都是"革命同志"。

在这屋里，我受到的精神压力很难忍受。早起晚睡，由我扫地、擦桌子、搞卫生；冬天负责炉子，夏天打苍蝇、灭蚊子；暖壶要永远保持灌满，要随时注意哪位洗头、擦身都得有水。特别是那位队长威风凛凛，最不管不顾了，大洗大溺，暖壶空了，她就大喊："新凤霞！暖壶水空了，你没长眼睛啊！"我一声不响，提起暖壶去一里地外打水。不是提一个，要提四个，一手提两个。有时我回来晚了一点儿，她就冲着我大发脾气，说我有意慢慢磨蹭耽误她用水。

夏天最难受的是苍蝇、蚊子，杀不尽，打不绝；冬天屋子不暖炉火不旺，都要责问我。可我呢，劈柴、砸煤、团煤球，手裂开血口子，一个挨一个，也得不到说一个好。

干校生活是半天劳动，半天闹革命。所谓"闹革命"就是搞运动，搞运动就是想方设法批斗整人。开始时"走资派"也是运动对象，不久这些人一个个给恢复工作了，挨整的对象就是我这号人了。说真的，能整出什么来？还不是装腔作势，造谣生事，欺侮好人！还有一样，从不见领导干部参加劳动，当领导的都会想出种种借口逃避劳动。有时领导坐着小汽车从北京来了，参观，看看，吃完饭回去了。大家说：平时说在北京领导运动，偶尔来一趟都是过年过节改善伙食嘴上流油的日子。来这么一两回，也算是下乡进过干校和大伙儿同吃同住同劳动了，有"五七"干校的毕业资本了。

干校生活艰苦，吃是大事，大家最关心的是每天吃什么，有一天说是吃骨头汤，大家很高兴，让我去帮厨。我刚到厨房，就看见食堂卜师傅抡起擀面棍正在狠命打狗，名叫老黄的那只大黄狗被打得怪叫。我跑过去一问，原来是老黄闯了祸。卜师傅对我说："该死的老黄！你看刚炖好的一大盆骨头汤全让它给整翻了，怎么开饭哪？"小董师傅也生气地说："真可恨！它从来不偷嘴，今天是怎么啦！"我看老黄被打得趴在地下不住地呼呼喘大气，就扶它坐起来，让它头对着我："老黄，你偷嘴了，这可不好。要记住，不许再偷吃了……"它顺从地张开嘴，吐着舌头，像听懂我的话了。啊！忽然发现，它爪子下面按着一只大老鼠！再看翻盆的地方，还有被咬死的小老鼠。我马上推想出来了，对卜师傅说："人家老黄可不是偷吃呀，是在捉老鼠，为了咱们办好事哪……"卜师傅和小董都恍然大悟："嗯！是……前几天老黄也抓住一个老鼠来着。这不是吗！小老鼠是一窝的……"我蹲下身去抚摸老黄："你受委屈了。"它伸出舌头舐我的胳膊，我用脸贴贴它。从那天起，老黄跟我熟悉了，我们成了好朋友。

人总是要有朋友的。我的朋友是谁呢？成了批斗对象谁也不敢接近我了。虽然实际上，司机同志，食堂的大师傅们，在一起多年同台演戏的老伙伴们都是同情我的，他们不敢接近我，却都了解我。但是另外有两个朋友是不管这套的，一个是食堂养的一头肥猪黑子，一个就是这条狗老黄了。我是一天三顿饭要把大家吃剩倒在铁桶里的汤汤水水倒在猪食槽里，跟黑子说句话："胖黑子你好好吃吧……"别看它是猪，哼哼着也通点人性，知道我跟它好，它看见我就过来用嘴要拱拱我。我轰它："去……"它就转着笨重的身子回圈里边去了。

老黄可灵透了，吃剩的骨头肉皮等等我都为它留着。时常是屋里开运动批判准备会，不许我参加，我就拿着小马扎离得远远地坐着。白天能装作写交代看看马列、毛选，晚上借很暗的路灯就干挨蚊子咬，要不住手地扇蚊子，还咬得满身包。老黄这时是我唯一的伴儿，它看我一边抓痒一边扇扇子，蹲坐在我身边两只眼睛盯着我，用爪子为我轻轻在腿上抓两下。它还用头蹭我。我把手伸向它，它吐出舌头舐我，也能为我解点痒。天冷了，它贴近我身子为我取暖，我为它天天多买一个窝窝头，给它泡点汤汤水水的吃，还专为它准备了一个罐头盒。老黄很懂事，它知道因为它常常进屋里蹲坐在我的床铺前头陪着我，我挨过多次批斗，说我有资产阶级恶习：养狗、爱猫……老黄就自动不进屋，只在门前等我了。但它仍是陪着我，我去打水它跟着我，我早起扫院子它守着我，我在食堂排队买饭它远远地望着我，我出来进去在屋里干活它端端正正地坐在对门石头台阶上看我。它很安静，一动不动，只不敢跟我进屋，真是聪明极了。

天堂河附近有一个围场，说是清代皇帝打猎的场地。一片好大的空场啊！很多树木，还有一条人造小河，最醒目的是一个很讲究的小亭子，可以让人们休息休息，我们去稻田劳动上工必经过这里。我们去田里劳动要步行来回二十里路，没有人敢和我结伴同走。很多女同志让骑自行车的带着走，可是谁能带我呢？我自己一个人步行，走一条小路，这小路必经过围场。只要我出了小街，就会看见老黄吐着舌头趴在小亭子廊边上等着我了。它看见我就跳下来扑向我，我真感激它呀！抱着它亲热地对它说："你来送我了！咱们一道走吧。"它就跟在我身边一道走。我平时被分配干活的时候，常常看不见它,可是一到下工了,它就出现了。我蹲下摸摸它说:"你来接我了?咱们走吧。"老黄又颠颠地跟我向回走。下工时一辆一辆自行车飞似的过去,车上带着人,可我得步行到天黑了才走回来,全靠老黄陪着我,保护我,使我不孤单,不害怕。有一次我看水,沿着渠埂来回走,它也不停地跟着我转,从这个田埂跳到那个田埂上,我有点累了,就坐在一条较高的田埂上,它也偎坐在我怀里休息,我为它抓痒。忽然它挣脱开我跑走了,原来我们那个可恨的队长在远远的田埂上走着。老黄急着跑过去对着她脚"汪汪汪"叫了几声,吓得她大叫起来撒开腿就跑了。老黄溜溜达达不慌不忙地走回来,眼睛还远远望着她,摇晃着尾巴又偎坐在我的身边。

在田里干活中午饭后休息个把小时,大家争着在很小的田头几棵树荫下睡觉。我只能走得远远的,在一个积肥的粪堆边,摊开塑料布躺会儿。这里有一棵树,所以也有一片阴凉。因为粪堆臭味大,谁也不来,我图这个清静。陪我卧在旁边的又是老黄,我准时醒了,它也起来了。

在干校搞运动,挨批斗,我就只给个耳朵听着。有些人大喊大叫像演戏一样激动,我平心静气地休息,不这样又该怎么办呢?干农活可是我的本职,我都样样认真地干。种水稻从育秧到拔草、施肥、看水、收割的全过程我都干得很好。冷天带着冰碴子下水田干活,真是要有点狠劲呀!男同志都喝酒下水,我是女人,又不会喝酒,可一点也不比他们干得少。插秧的株距、行距,我都练得很准确;我抓一把草闭着眼练株距,下苦功,练得都合标准。不然那个狠心的队长一定会找我的麻烦说："新凤霞有意破坏！"我不练行吗？管水是最紧张的活儿。没有水的田是用铁锹把水引过去，把一块块地都灌满了。开了口子的地方要用土挡住。得沿着地来回走着看着。有一次看了整整一下午，腿累得又酸又疼，忽然听见哗哗水响……不对！是哪里开了口子？得快去堵住。我找啊找啊，找到了。水流得太猛了，口子越开越大，用铁锹堵不住，我双腿跪下也堵不住，弄得我浑身是水，真是狼狈呀！天慢慢黑下来了，眼看口子越来越大，怎么办哪？这样一大片水田只有我一人管水，真是又急又怕。这时候过来一人，不紧不慢向我走来，是队长。她连问都不问，说："新凤霞！都下工了，你怎么不回去？"说完转身走了。我连要求她帮助都不敢开口。我知道她就是见我快死了，也不会帮我的。我在水里泡着，着急水流不止，老黄突然在田边出现了，它也来回地乱跑，摇头摆尾，抢得我满头满脸是泥水。我说："老黄啊！天阴了，要下暴雨了，别在这里跟我受罪了，快回去吧……"老黄果然默默地转头走了，它边走边回头，是留恋着水田边的我吧？我感到一阵孤单，后悔叫它走了。我连爬带抓土，水仍是一个劲儿地流，真急死人哪！啊！老黄一边叫着，一边急匆匆地跑回来啦，后边还有一个扛着铁锹的人。谢天谢地呀！他是北京人民艺术剧院的演员邱扬，他也算是个有问题的人物，也被分配在"人艺"的地片上管水。他看见我在地里拼命堵水着急的样子，说："我来了！凤霞，我来了！"我像看见救命星一样大声叫："邱扬大哥，快……快来帮我一把吧！快来。"邱扬一边帮我堵水，一边说："我刚要下工，你们食堂的黄狗跑来了，它缠着我，用爪子抓我的腿，瞧，咬破了我的裤子，轰不开它。围着我转，不放我走。我就跟着它到这儿来了……原来它是来报信的。老黄是义犬啊！"邱扬到底力气大多了，用铁锹铲土，我也站起来铲土，总算堵住了水。一阵风把天也刮晴了，我已经累得连站都站不住了。邱扬回他们的队，我回了我们的队。老黄陪我一同进了村子。它一个劲地摇尾巴，别提多高兴了。

真想不到迎接我的是批斗会。队长说："阶级斗争的新动向，新凤霞破坏稻田，开了口子豁地放水……罪上加罪。"队长得了理啦，察看稻田，亲眼看见"阶级敌人"在破坏，逼我交代，叫我回答。我累得站不住，听不进，连恨都没有力气了。大伙儿批斗我完了，各自去玩，我连一口饭还没有吃哪。好心的卜师傅给我留了一份饭，我把窝窝头搓碎了泡上开水就咸菜条和老黄一起吃了一顿饭。最难受的是身上的湿衣服、鞋、袜没有地方去洗换。屋里"革命同志"说笑玩扑克，我不能进去。还好，大月亮地一片光明，我只能端一盆凉水去厕所。农村的厕所臭气熏天，脏得没法形容。我在粪坑边上洗洗，换上衣服。洗换好了，我端起盆出了厕所拐角。在厕所里一直憋着气不敢呼吸，出了厕所可出口长气了，谁知一阵头痛恶心，"哇"的一口吐了出来，随着我摔了下去，脸擦在墙角，蹭破了一层皮。靠墙站着休息一会儿，心里想着幸亏摔在厕所外头，要是摔在里边肯定要掉进粪坑，那才更倒霉呢！猪圈在食堂旁边，我每次吃饭都在猪圈边上，老黄也跟着我。我给猪槽倒吃的，黑子就过来。老黄也很快凑过来用头蹭蹭黑子，黑子也用嘴拱拱老黄。它

们也知道，我们三个是好朋友。这时候是我一天三次最开心的时刻。赵丽蓉是我舞台上长期合作的老伙伴，也是在干校能偷偷讲话的女友。她开玩笑说："我跟你交朋友也够沾光的。看看你的朋友狗哇、猪哇的，我算个什么？"我说："你不是好吃吗？就算个馋猫吧！"老黄总是在我最孤单的时候出现在我身边，为我解愁救难。我的这个队长，她处处为难我，我丈夫在河北静海干校，给我来信，我去信都没有自由。一次卜师傅告诉我说："你爱人给你的信在袁队长手里，她没给你？"已经隔离了几年啦，我听说丈夫来了信是多么高兴啊！可是她是队长，又这么刁，我也不敢跟她要啊。我正在犯愁哪，老黄冲着我叫，用嘴蹭我的腿。是叫我跟它走吧？我站起来了，它在前头走，还老是回头看我，把我引到食堂，在食堂买饭的窗台上扔着祖光给我的信。我明白了，队长拿着我的信买饭时丢在这里了。我拿着亲人的来信高兴得不知说什么好，又是老黄雪里送炭，帮了我大忙。

一次我发高烧，队长冷冷地说："躺躺就好了……"一个被斗的对象，病倒了也不会有人理睬的。忽然食堂卜师傅送来一碗滚烫的鸡蛋面，我问，卜师傅怎么知道我生病哪？卜师傅说："我坐铺上，老黄对着我抓铺上的单子。我摸摸它，它还是不走。小董进来说：'新凤霞发高烧，不能下田干活了。'我又去问大夫，才知道你应当吃病号饭。我给你做了一碗面，这鸡蛋是我自费买的，快吃吧……""我看见队长走了。进来看看你。是老黄对我摇尾巴，我看见它就知道你准在屋，你病了……"说这话的是赵丽蓉，她也是胆小怕事，因为丈夫是有"问题"的人。我真感激老黄，它不会说话，却有一颗善良的心，可我们那个会说人话的队长连一点人心也没有！我拍着床铺让老黄上来，它一下子就上来吐出舌头舔我发热的手，和我亲热。我心里真酸呀，真酸呀，真感激老黄呀，跟着眼泪就流下来了。

在这段日子里，种水稻的全过程，我样样都干得好。谁也挑不出什么毛病，没有因为劳动批斗过我。可是因为老黄我时常挨批挨斗。比如干校宣布禁令：不许从家里带吃的。而队长却带吃的来，她藏在铺底下，老黄给她弄翻了，被群众看见，队长当然又恨起我来了，因为老黄是我招来的。

干校生活要结束了，要举行一次会餐，肥猪黑子要被杀掉，我心里很不好受，到底一天三次和黑子打交道，有了感情啊！我去问卜师傅："别杀黑子，给卖了吧！"卜师傅说："猪是世间一道菜，早晚躲不过挨一刀。干校这一批结束了，下一批不知是哪个单位来。你别说傻话了，咱养的猪咱们吃。"这么善良的黑子要被杀死了，太惨了！更想不到的是发生了一个奇怪现象：肥猪黑子忽然不吃不喝了，靠在猪圈墙角低着头不声不响，一动也不动。它闹情绪了，它有预感了，它在绝食抗议了。我为这事难受了几天。果然在一个黑乎乎的早晨，卜师傅请来一位农民杀猪能手，就听见黑子一声震心的尖叫。我不敢出门，扒开门缝瞧：那位老乡抓住猪后腿。猪失去平衡立刻倒下了。人们七手八脚把肥猪捆上，穿上一根大木杠子，抬到大石板桌上，杀猪人拿起刀……我不忍看了，闭上眼，只听

"吱！吱！吱……"惊天动地大叫呀！大盆的血水，肥猪黑子做了刀下菜了。红烧肉、米粉肉、骨头汤等等，大家吃得好开心呀！我路过猪圈，空空的，想着黑子，一口也吃不下去，不知怎么从心里要呕吐。卜师傅说："谁让你扒着门缝看的？要不怎么天不亮杀猪哪，就为了让人看不着！"

干校要撤销了，食堂天天吃好的改善生活。卜师傅对我说："老黄今天又立了功，抓来一只黄鼠狼。扒了皮配好作料，还放了一块牛肉，做了一碗香喷喷的红烧黄鼠狼肉，一点也不腥不臭。"可是我也一口没吃。

老黄立了功，显得很高兴。更是一步也不离开我了，我走到哪儿它跟到哪儿。我有意逗它玩儿，故意甩掉它，走进卜师傅屋门，不让它进去，把门关上，我从后窗跳出去，谁知道我刚刚落地，却看见老黄又蹲在窗外等着我了……又发生了奇怪的事情：长期跟我亲热陪我度过患难的老黄不愿意理我了，也不愿吃食了。好一阵看不见它了，我到处找它。啊！它也像肥猪黑子那样躲在猪圈墙角一动不动。这是怎么回事呀？生病了？我叫它，它缩成一团不出来，我跳进猪圈蹲在它身边看看。唉！它在流泪了，我也流了泪……它趴着不动，也不吐舌头舐我了，更不会跳起来扑我了。我摸摸它说："老黄，你怎么了？病了？生我气了？你在想肥猪黑子吧……"老黄没有一点反应，我心里真难受！它也绝食了，好几天不吃不喝，衰弱得连站都站不起来了，卧在墙角，低着头，两只耳朵也耷拉下来了。我端着半碗饭去喂它，对它说："老黄，你吃吧。"它拼出全力用鼻子闻闻又趴下了。老黄为什么变成这个样子？我非常难过，回到屋里躺在铺上半宿睡不着觉……清早起来，我头一件事就是去看老黄，迎面就看见卜师傅，他告诉我说："昨天夜里把老黄给杀了。杀狗本来是先打蒙了再杀，可是老黄已经饿得半死了，没有受一棍苦就杀了。今天炖狗肉。"我当时就忍不住哭了！老黄通人性，它知道自己要被杀了，它和黑子一样，也是在绝食抗议啊！我不敢叫人看见我哭，卜师傅理解我，让我在他们大师傅屋里痛痛快快哭了一场。我永生永世也不能忘记老黄在我最苦难的时候给我的温暖，给我精神上的支持！我从此以后再也不吃狗肉。我从小就演过《义犬救主》《黑狗告状》这样的戏，我现在才知道，才相信，狗是真有感情的。

这个给人无限烦恼和不幸的"五七"干校结束了，我被分配回北京参加无限期的深挖防空洞战备组。我对1968年的干校生活满怀怨愤，可是我一直没有忘记憨厚的肥猪黑子和有深情厚谊的义犬。老黄对我来说，它是我的恩犬。比那些专门整人的也叫"人"的东西高贵多了。

听见狗狗的美丽心灵

舟妹

　　住在人员混杂的公寓中的每一个人都知道丑丑。丑丑是一只常驻于此的公狗。在这个世界上，丑丑最喜欢做三件事：打架，吃剩菜，还有就是我们将要说到的——爱。

　　这几件事交织在一起加上丑丑常年在外流浪，极大地影响了他的生活。从头说起吧，他只有一只眼睛，剩下那只也只是一个黑洞洞了，耳朵也只剩下一只了。他的腿看起来曾经严重扭伤过，虽然现在已经痊愈了，但是走起来还是很不自然，好像在转弯。他的尾巴早就不见了，只留下一个残根，还不停地扭动着。

　　丑丑本来是一只有黑灰色斑纹的小狗——除了他的头顶、脖子，甚至肩上都有着厚厚的、黄色的疤痕。人们看见丑丑都会有同样的反应："那真是一只丑陋的狗啊！"

　　所有的孩子都被警告不要摸他，大人们总是朝他扔石头、用水浇他，当试图进入他们的房子的时候就用水冲他，如果他不离开，就把他的爪子挤在门缝里。丑丑总是做出同样的反应：如果你打开水龙头用水冲他，他就会一动不动地站在那里，浑身上下湿漉漉的，直到你放弃。如果你朝他扔东西，他就会蜷缩着他那瘦长的身体趴在那里，却没有丝毫反抗。

无论他什么时候看到那些孩子，他总是跑过去，汪汪地狂叫着，用头去拱那些孩子的手，请求他们的爱抚。如果你将他抱起来，他就会马上舔你的衣服、耳环，碰到什么就舔什么。

一天，丑丑跑到邻居家向他们的爱斯基摩狗示爱。那些狗儿却没有做出友善的回应，丑丑被咬伤了，伤势严重。我在公寓里听到他的尖叫，于是马上冲出去救他。当我到达那里时，看见他躺在地上。很显然，丑丑的生活就要走到尽头了。

丑丑躺在一片湿地上，他的后腿和后背扭曲得变了形，前胸白色的条纹有一条撕裂的伤口。我将他抱在怀里，打算带他回家，这时我能听到他艰难地喘息着，感觉到他在颤抖。我想他一定伤得很重。

随后，我感到耳边有一种很熟悉的被舔吮的感觉。丑丑，尽管忍受着剧痛和苦楚，又面临着死亡，他仍然试图舔吮着我的耳朵。我将他抱得更紧了，他用头蹭着我的手掌，然后转过头用他那仅剩的一只金色的眼睛看着我，我能够清楚地听到他咕噜咕噜声。尽管忍受着剧痛，这只浑身上下布满了丑陋伤疤的狗依旧只是在寻求一丝爱意，也许是同情吧。

　　此刻，我觉得丑丑是我所见过的最漂亮、最可爱的动物了。因为他从未咬过或者抓伤过我，甚至试图离开我，或者是做任何挣扎。丑丑只是看着我，他完全相信我可以减轻他的痛苦。

　　在我还没有走到家的时候，丑丑就死在了我的怀抱里，但是我抱着他坐了很久，一直在思索着：这样一只伤痕累累，丑陋而又到处流浪的小狗，是怎样改变了我的看法的，到底什么是真正的纯洁心灵，怎样才能爱得那么深、那么真。丑丑教会了我比从任何书籍、讲座或访谈节目中所学到的更多的给予和同情，为此，我将永远感激他。他的伤疤裸露在外，而我的却在内心深处。我要继续前行，学会如何爱得真切、爱得深沉，我会将我的一切都献给我所关爱的人。

　　许多人都希望自己能够更富有、更加成功，哦，还有更加讨人喜欢、更加漂亮，对我来说，我只是希望做丑丑。

狗事趣谈

尤今

约好友莉莉喝下午茶。

惊见她憔悴不堪，疲惫由脸庞一直延伸至发际。关心探问缘由，她有气无力地说："都是米耶惹的祸啦！"我追问："谁是米耶啊？"她没好气地回答："是我妹妹养的狗啦！"

她妹妹缤缤最近到澳大利亚旅行，把狗儿交给她照顾。她急急忙忙地买了一大堆荤的、素的、纸盒装的、罐装的狗粮，以为只要确保米耶膳宿温饱，便算"功德圆满"了，没想到米耶带给她的竟是精神与肉体的双重折磨！

"它爱吠，一有什么风吹草动，便会连续吠上一长段时间，就算我挪动椅子、开门、关门，它也吠个不休，吵得我神经衰弱。为了避免惊扰它，我在自家屋子里蹑手蹑脚地，活得像个幽灵！"

米耶还会耍性子呢。它原本已学会了去固定的角落方便，可是，有一次，莉莉和夫婿外出赴宴，深夜回来时，赫然发现到处都是尿和屎。原来米耶不甘被"遗弃"在家，故意在大厅里拉屎、拉尿，又踩在尿和屎上满屋乱跑，弄得全屋邋里邋遢、臭气熏天！夫妻两人清洗屋子，搞到凌晨三四点才就寝。此后，每回屋子里没人，它便如此这般恣意妄为。莉莉被迫与它日夜厮守，不敢擅自外出。

缤缤临走前再三嘱咐莉莉，务必带米耶上宠物美容院，让它松懈身心，这样，它的性情才会保持开朗活泼。当米耶在美容院里被专人伺候着进行泡浴按摩、修甲净耳时，莉莉耐着性子坐在大厅等。美容过后，米耶容光焕发，和神情萎靡的莉莉形成了强烈的对比。

几天前，缤缤旅行回来了，狗归原主。莉莉蒙头睡了几天几夜，元气还是无法恢复。

"我养大了三个孩子，然而，从来不曾如此劳累。"莉莉说。"缤缤不肯生孩子，嫌烦，可是，伺候狗儿，再烦也不嫌。她整天搂着米耶，喋喋不休地说东道西。我说，妹妹呀，你这不是自言自语吗？她竟然说，你没看到它听得多用心吗？听了又会替我保守秘密，绝对不会出卖我，安全可靠啊！再说，你的孩子成天与你怄气，你可曾看到米耶惹我生气？你可曾看到它与我顶嘴？"

莉莉和缤缤的对话，让我想起了在杂志上读到的一则花边新闻。

最近，英国兴起了利用狗儿进行心理治疗的新风潮。根据调查，很多年轻的狗主喜欢利用狗儿进行一些重要的排练或预习，比如求职、求婚等等；另外大部分狗主喜欢和狗儿倾谈心事。基于这样的心理需求，"狗医生"应运而生。那些家无宠物而心有千千结者，现在可以敞开心怀向"狗医生"寻求心理治疗了。

　　"狗医生"守口如瓶，道德操守好，而且有足够的耐心，在聆听时绝对不会随意打岔或无礼反驳，所以求助者可以毫无顾忌地畅所欲言，举凡难以启齿的心事、秘密筹备的计划，甚至一些荒诞不经的想法、古灵精怪的念头，通通都可以毫无保留地向"狗医生"说个彻彻底底。一旦纠结的心事掏得干干净净，沉沉的压力和负荷当然也就得到了舒缓。从治疗室出来时，所有的忧伤、内疚、懊悔、痛苦、惧怕，都暂时转移给"狗医生"了。

　　这真是一个寂寞而又荒谬的时代。

　　由于一般人只爱聆听自己的声音，无形中给了"狗医生"一个"投其所好"的机会；也因为人与人之间互不信任，"狗医生"才能公然和人类"抢饭碗"。

　　"狗医生"的大行其道，对人类来说，是莫大的讽刺。

狗事

亚才

在我的记忆中，我家先后养过三条狗，一条叫花花，一条叫四眼，还有条叫雪豹。都是土狗，都是从普通人家讨来的。它们身世平平，背景简单，而且始终没成为宠物。但都很自然很真实地成为家里的一部分，更成为我少年时代的一部分。所以，虽经多年时光，我们总难以忘怀，甚至，直到今天，我家没再养狗，也全因了过去的缘由。

花花

花花是农村土狗中少有的大个儿，膘肥，很健壮，跑起生风，却不显恶，脑袋大，总是昂着，耳朵平时耷拉，警觉时竖起，眼睛里泛着平和的光，脊背平直宽厚，能驮起几岁的孩童，尾巴始终卷曲高扬，即便遭到群狗围堵抑或人的恫吓，也从容不迫，从未夹着尾巴逃跑过。因花花全身白底黑花，所以，在70年代初我父母被下放农村，我把出生只有月余的它搂进农家小院时，全家人自然就叫它花花了。

花花的食料很杂，家里没有给它专备过，一天三顿饭过后，母亲用剩下的汤水拌上一勺饭，花花吃得很甜，红薯、萝卜、玉米，还有菜根，花花也能吃得脆响。遇上家里改善生活，吃顿荤腥，花花也从不在桌下边钻来钻去寻觅骨头之类的，等大伙儿吃完后，母亲把堆放在桌上的骨头收拢起来，和饭一并放到后腿坐卧，前腿支地，平视前方，一副精神抖擞，朝气蓬勃样子的花花面前。花花有个习惯，从不吃别人的东西，更不在野外觅食，所以，少儿的我和弟弟经常在与别的孩子斗嘴渐显山穷水尽时，突然指向对方的狗，用极其鄙夷的神色揭露其吃屎的丑恶面目，这一招法往往让对方措手不及，狼狈不堪。

花花整日整夜练本领，攀墙跨栏跃沟凫水，追撵撕咬闪展腾挪，似箭一般疾射，像老虎样扑罩，如豹子似的敏捷。花花在战斗中成长，确定了四乡八里所向披靡的地位。但花花从不咬人，吓人就足够了。有一夜，小偷刚摸上来，花花连一声都没叫，"呼"地就扑了上去，把小偷吓得屁滚尿流，魂飞魄散。为此，我和弟弟在学校获得很多同学的尊重和羡慕，高年级的学生也从没有在我和弟弟面前示强，他们都知道，我们家有花花。那个时候，我家房前屋后的香椿苗、桑葚、枸杞、黄瓜、豆角、毛豆、番茄等无一丢失，连树上的马蜂窝也没人敢捅。

花花日渐挺拔出众，人都赞不绝口，更何况同类的异性。我家的周围白天黑夜总有一些高矮大小肥瘦的狗转悠，高声大叫的没有，低声类似磨牙呻吟的免不了。花花坐卧不安了，眼睛里常闪过亮光，在门前焦躁地不知如何是好。终于，有一天，花花彻夜未归。以后的日子，花花竟经常夜出晨归。

花花被我父亲拉去骟的时候，我在上学，我不知道。放学回来走在通向我家的小路上，不见了每次迎接我的花花的影子。到家后，寻遍四周，只见花花卧在墙角椿树下一摊稻草上，身下有很多血迹，它浑身在抖动着，目光痛苦迷惘，它无力地望着，显得格外的无助。泪水一下子冲出我的眼眶，我哭了起来，伤心的哭声惊动了我的母亲，她后来把我从花花身边拉开，"谁家养狗不看门？"母亲十分懊恼地告诉我，我们家8只安哥拉长毛兔被小偷偷去了。

从那以后，花花少了些许锐气，多了些许老成，但各种本领丝毫不减。它不再搭理任何"美女"了，每每遇到纠缠不休的献媚，它用那低沉的"呜"以示警告。每到夜晚，它总要间隔着叫上两声，就是这深厚夹带苍凉孤寂的叫声，足以震慑了其他的狗们，还有生起盗意的贼。

那年冬季，雪下得很大，我和弟弟带上花花，还有滑板和绳子，在白雪皑皑的乡间小道上，玩起狗拉雪橇的游戏，嘹亮的歌声和纯洁的笑声回荡在隆冬的田野，回荡在少年的天空……

花花的悲剧发生在我父母恢复工作，全家返城之后。

那天，花花死活不肯走，当人们强拉硬拽花花上车时，花花"呜——"一声，第一次目露凶光。我上前去抱它，它也不太情愿，僵持了很久，才上了车。搬到县城的第三天，花花不见了，家里人找遍了县城大街小巷，也不见踪影。后来，我父亲长叹一声，说："花花肯定是回家了。"

果然，花花回到了距县城18公里的乡下的家里，好几个人都见到了，当时，花花汗涔涔的，大口喘着气，但仍然威风凛凛，人们很惊异也很感动，有的拿来食物，花花就是不吃，它坐卧在堂屋门前，后腿坐卧，前腿支地，平视前方，一副看门守家的架势……

谁料想，这竟是花花最后的姿势。等父亲带着我赶回乡下时，花花早已下落不明了。守房的远房表亲一本正经地告诉父亲，他没见到花花。我顿时心就像被什么掏空了，泪水涌了出来……

其实，正是这个表亲对花花下的毒手。半年后得知的这种说法很具体也很合理，他利用了他经常到我家，花花认识他所产生的对他的信任，在狗食里下了鼠药……

花花被卖到了豫皖交界的叶集，卖了54元。

四眼

四眼通身黑，两眼上方却有两个白毛圆点，我就叫了它四眼。

我是可怜花花被骗，整日孤独才从同学家抱来四眼的。当时，狗妈妈闻得了气息，撵了我很远。结果，遭到我父亲一顿痛斥，他坚持要我把四眼送回去。就在这当口，睡眼惺忪的四眼蹒跚着走向花花，花花竟躺下身来，充满慈爱地打量着四眼。我母亲说留下吧，花花也得个伴。"花花被骗后，我的伤心使母亲有了愧意，她的目光就有很多的流露。

四眼这才被留下来。但注定了我与四眼共同经历的命运，事实也正如此。

四眼茁壮成长如雨后春笋，一身黑油油亮闪闪如缎子一般光滑，整天跟随英武的花花左右，像个儿子，又像个小弟弟，时而往花花身上跳，时而往花花身下钻，时而搂花花头，花花也不厌烦，任四眼娇嗔玩耍。

眼见着四眼一天天长大，一天天矫捷，一天天勇猛起来，我父亲不经意地说，四眼该骗了。我怔住了，满眼的泪水模糊了春天碧绿的田野和葱郁的树林，还有鲜艳的花朵。在我失声痛哭中，母亲再一次地帮助了我，她劝说父亲：孩子心善，不忍心这样残酷，没什么不好。

这一年，我小学毕业，毕业考试全年级第一。父母得知很是高兴，父亲要给我一个奖赏，海军衫和网球鞋任我选。我摇了摇头，父亲不解，我说我啥也不向他要，只求他别把四眼骗了，说着，泪水又涌了出来。

四眼终究没有被骗，保留了传宗接代的本领，也保留了攻击的本能。我家，还有我却为此付出了很大的代价。

四眼咬人了。咬人后的四眼像个闯了祸的孩子，躲在花花的后面，任凭我父亲的责骂，我站在一旁陪批，我父亲扬言，再要下口咬人，非骟不可！

我在惶惶中祈盼着四眼的冷静与理性，一厢情愿地想象着我父亲训斥的作用和花花对它潜移默化的影响。谁知，四眼无意收敛血性，在一个黄昏，又咬了人。

我的父母在上门给人家赔了一百个不是回来后，专门等着我的到来，当时，我十分怯懦。我父亲说："都是你惹的祸，是你抱来的，是你不让骟。它如花花一半，饶它也不亏，像这样咬下去，还得了？！"我无话可说，只有默默地想象着父亲对它的惩罚。

第二天一大早，四眼被我父亲一棒槌打倒在地，鲜血染红了土地，当父亲举棒再打时，四眼居然没有逃走，它蜷缩一团，用求饶的目光望着我的父亲，父亲在那一刹那，心软了。

直到四眼脑袋上伤口愈合结疤又长出绒毛时，它也没咬人。我很高兴，不知为什么，心里又有点滴失落。四眼个头中等，浑身精瘦，脸部棱角分明，一眼看上去，就知道它很干练很利索。有不少人说过，花花并不可怕，它目光暖和，四眼令人生畏，它目光寒冷。是的，一个热衷攻击的血气方刚者，你能让它永远地龟缩？

终于，四眼旧病复发，又咬了人。父亲忍无可忍之下，照着我的脸甩过两个大耳光，"把它弄走，今儿不弄走，我明天就打死它，这次谁也救不了它！"

我不怨我的父亲，对于四眼，也只能如此，算了，我与四眼之缘也只能到此了。我把四眼带到了五里外的小山冈上，对四眼说：

"你走吧，走得越远越好，永远不要回来了。"趁四眼不备，我用力踢了它一脚，它"嗷"的一声落荒逃去。我的眼里湿湿的，我真后悔，当初讨它来。

二十天后。当家里人快忘记了四眼，花花也刚从失去伙伴的痛楚中回过神来的时候，四眼像是从土地里钻出来，战战兢兢地出现在我们面前，它骨瘦如柴，全然没了精气神。我母亲赶忙去找吃的，谁知它闻都没闻，慢慢地走到平时他睡的地方躺了下来。以后的几天里，无论是我母亲还是我弄什么吃的，它连碰都不碰，花花用脸亲热它，它也无动于衷。到第五天头，四眼死了。

那夜，花花狂吠不止。如此，花花一生仅有。

雪豹

花花被害的第二年暑假，我从乡下抱回了雪豹。其实，养狗的条件不算好，住得很窄挤，院子也狭小，加之我母亲说过，四眼揪心，花花痛心，不想再养狗了。所以，我也不敢保证父母都能接受雪豹。谁知母亲一见没有反对，打量了雪豹半晌，自言自语道："别又是闹心的主儿。"

不幸又被母亲言中。雪豹生性好动，爬高上低，常常打碗碎盘掀鱼缸。给雪豹上了绳套，哪经雪豹锐利的牙齿，没两天就被咬断，便又生出诸多事端：随地大小便，各式各样鞋子被扔得满院都是，花草惨遭蹂躏，总之，不弄出个片狼藉，雪豹不肯罢休。

　　后来，托人做了个项圈，打了个铁链，算是在院子的墙边拴住了雪豹。从此，每当父母上班，我们上学，家中无人时，墙外的人总能听到院内愤怒的雪豹发泄的声响：先是仰天长啸，接下摔打所睡的篮筐，然后是踏翻食盆，再又是大叫不止。等到家里人一回来，一切风平浪静，若是我取下铁链，雪豹更是欢天喜地，打开院门，我让雪豹到院外撒欢，它总能一刻不停地忽东忽西，如风似箭，上蹿下跳，仿佛有使不完的劲儿，我向雪豹打个招呼，它迅速收住情绪，回到院子，回到挂着铁链的地方，等我重新把铁链挂上项圈，这时的雪豹心满意足地回到篮筐里安稳地睡去。

　　雪豹很有灵性，它会打滚，会站立，会作揖，会转圈。雪豹腿短身长，圆滚滚的，浑身是劲，长于奔跑，善于跳跃，精于格斗，几次外出放风，见了比它大一些的狗，雪豹毫不畏惧，主动迎敌，直斗得对方退却为止。

　　我母亲为难了，将雪豹送人，舍不得。那天放风，雪豹忘乎所以，结果迷了路，家里人都分头找，结果是我母亲走了很多条小巷，一声声唤着，才找到雪豹，那一时刻，雪豹上前把我母亲的腿紧紧地抱住。我母亲说，雪豹像个顽皮的小男孩。可是，不将雪豹送人，老是拴在小院里，家里又常常无人，非急出病来。尤其是炎热的伏天即将来到，雪豹怎么能在无荫遮挡的毒日头下度过个夏季。

　　经过充分协商，在雪豹1周岁时，全家一致决定：将雪豹送至乡下老家，送至广阔天地。母亲征求我的意见时，我没犹豫就同意了，这不同于要骗四眼。尤其听家人和邻居描绘雪豹生气愤怒的行为，还有目睹雪豹在我的手上获得短暂的自由后又主动地回到挂着铁链的地方等待拴住的情景，我心里越发不是滋味。需要放归雪豹于自然，哪怕我心里再割舍不了。我母亲用慈爱的柔光望着我，手轻轻地拍了拍我的脸颊，说："你长大了。"

雪豹是我送走的，正是初中毕业的暑期。往常，雪豹得到阳光就灿烂，那天，得到翅膀也不飞翔了。它高低不往院门外走，在我硬拉出院门走向车站时，它不停地回过头来，低声叫着，临出家门那一刻，我母亲蹲下来，拍拍雪豹，用沙哑的声音说："孩子，那儿天地大，够你跑够你跳的了。"

是的，母亲说得对。那儿有原野，有村庄，有蓝天，有清风，有青青的草地，有成片的树林，有散发着诱人气息的庄稼，有田畦和小道，还有许许多多或悠闲或激动或赴会相亲或奔走相告的狗们……

狗事

陈忠实

我幼时爱狗成癖，书包中常装着狗崽，课堂上老师提问："孔融为什么让梨？"狗崽就抢先回答："汪汪汪！呜！"

那时候庄稼人吃饭艰难，不养狗。那时的狗性情极温顺，瘦骨嶙峋，走起路也是顺墙溜，轻手轻脚，不曾有过朗叫；那时的狗撒尿也懒得抬腿；那时的狗谦恭友好，谁叫跟谁走，不分贵贱，不看身份，走了就把你当主人。狗会怯怯地移近你，躬身依依伏卧，尾巴也夹得紧，眼睛偷偷给你送媚色！狗也很会拍马屁，伸出温吞吞的舌舔你手，像小媳妇儿一样温存。

后来长大成人知道了狗事原是与人事相通的。中国文化中关于狗的故事极多：狗尾续貂、狗彘不如、鸡鸣狗盗、丧家之犬、落水狗、狗腿子、狗男女……谁沾上狗名就没了人品！如此，谁敢与狗套近乎，称兄道弟，拉哥们儿关系？看来做狗确实很委屈。

沧海桑田，近年养狗却成时尚。狗事亦有了辉煌巨变。狗的数量增长大有赶超人口增长的势头。狗族竟也繁衍得名目繁多，叫价令人咋舌。狗医院、狗商店、狗协会、狗东西举不胜举，有的狗竟过得如同大款、巨星般阔了。走近村堡巷里，一头游狗迎头扑来，满脸的骄横，脾气很火爆，开口就咆哮撒泼，没理可讲的。现在的狗专拣热闹的十字街头撒尿，一条腿高扬着，大有指点江山的雄姿。现在的狗屎也不吃了，村里也少了唱歌般的响声。家家门户紧闭，敲门询问，人未语，狗却叫得热烈！主人开门，那物儿暴跳如雷，很是凶恶，一条铁链绷得钢棍一般，这已是普遍礼遇。邻居往来，门外高声呼叫："有狗吗？"这对往昔的"有人吗？"简直是讽刺。邻里之间很少往来，墙越垒越高，狗越来越多，晚上睡觉还做噩梦。夜也成为犬吠的世界，风声鹤唳，草木皆兵，一狗声起，万狗呼应！一时狗吠如潮，夜就失去了韵致，月亮也消了清朗，人却缩得更紧了。

狗事张扬起来了，是人的自我价值的贬值吗？是人心隔得太远了吗？既是无法沟通，就连心扉也实实地关了！再牵条狗看守着，他人不得入内。各自守着一方青天，春夏秋冬自是冷暖不同，本来浩荡的天地却让狗族割据成一块块囚牢！连狗自己也被囚于牢中了，一条铁链，一盆狗食，一窝起居，也就无法跨出牢门一步了。

前日驱车到八里坪村，却极少见到狗，走近山民家门，山外人高呼："有狗吗？"主人却在另一山头答道："没有哟！自己进去喝水！"推门而入，果然无狗。偶尔也碰到一条狗，却很礼貌，嗅嗅你便是了，然后调转头跑向灌木丛逮蝴蝶去了。山外人心妥帖，我于山野之气，茂林之色，潺潺水声中感悟了人与自然的和谐存在，于是朗语："情愿死在这里！"又说回去将狗全打死，煮了，吃了，自己解放自己。这自是废话！世事如此，无狗怎成？这是需要，却亦是人自身的悲哀了。

狗之晨

老舍

东方既明，宇宙正在微笑，玫瑰的光吻红了东边的云。大黑在窝里伸了伸腿；似乎想起一件事，啊，也许是刚才做的那个梦；谁知道，好吧，再睡。门外有点脚步声！耳朵竖起，像雨后的两枝慈姑叶；嘴，可是，还舍不得项下那片暖，柔，有味的毛。眼睛睁开半个。听出来了，又是那个巡警，因为脚步特别笨重，闻过他的皮鞋，马粪味很大；大黑把耳朵落下去，似乎以为巡警是没有什么趣味的东西。但是，脚步到底是脚步声，还得听听；啊，走远了。算了吧，再睡。把嘴更往深里顶了顶，稍微一睁眼，只能看见自己的毛。

刚要一迷糊，哪来的一声猫叫？头马上便抬起来。在墙头上呢，一定。可是并没看到；纳闷：是那个黑白花的呢，还是那个狸子皮的？想起那狸子皮的，心中似乎不大起劲；狸子皮的抓破过大黑的鼻子；不光荣的事，少想为妙。还是那个黑白花的吧，那天不是大黑几乎把黑白花的堵在墙角么？这么一想，喉咙立刻痒了一下，向空中叫了两声。

"安顿着，大黑！"屋中老太太这么喊。

大黑翻了翻眼珠，老太太总是不许大黑咬猫！可是不敢再作声，并且向屋子那边摇了摇尾巴。什么话呢，天天那盆热气腾腾的食是谁给大黑端来？老太太！即使她的意见不对也不能得罪她，什么话呢，大黑的灵魂是在她手里拿着呢。她不准大黑叫，大黑当然不再叫。假如不服从她，而她三天不给端那热腾腾的食来？大黑不敢再往下想了。

似乎受了刺激，再也睡不着；咬咬自己的尾巴，大概是有个狗蝇，讨厌的东西！窝里似乎不易找到尾巴，出去。在院里绕着圆圈找自己的尾巴，刚咬住，"不棱"，又被（谁？）夺了走，再绕着圈捉。有趣，不觉得嗓子里哼出些音调。

"大黑！"

老太太真爱管闲事啊！好吧，夹起尾巴，到门洞去看看。坐在门洞，顺着门缝往外看，喝，四眼已经出来遛早了！四眼是老朋友：那天要不幸亏是四眼，大黑一定要输给二青的！二青那小子，处处是大黑的仇敌：抢骨头，闹恋爱，处处他和大黑过不去！假如那天他咬住大黑的耳朵？十分感激四眼！"四眼！"热情地叫着。四眼正在墙根找到包厢似的方便所在，刚要抬腿；"大黑，快来，到大院去跑一回？"

　　大黑焉有不同意之理，可是，门，门还关着呢！叫几声试试，也许老头就来开门。叫了几声，没用。再试试两爪，在门上抓了一回，门纹丝没动！

　　眼看着四眼独自向大院跑去！大黑真急了，向墙头叫了几声，虽然明知道自己没有上墙的本领。再向门外看看，四眼已经没影了。可是门外走着个叫花子，大黑借此为题，拼命地咬起来。大黑要是有个缺点，那就是好欺侮苦人。见汽车快躲，见穷人紧追，大黑几乎由习惯中形成这么两句格言。叫花子也没影了，大黑想象着狂咬一番，不如是好像不足以表示出自己的尊严，好在想象是不费什么实力的。

　　大概老头快来开门了，大黑猜摸着。这么一想，赶紧跑到后院去，以免大清晨的就挨一顿骂。果然，刚到后院，就听见老头儿去开街门。大黑心中暗笑，觉得自己的智慧足以使生命十分有趣而平安。

　　等到老头又回到屋中，大黑轻轻地顺着墙根溜出去。出了街门，抖了抖身上的毛，向空中闻了闻，觉得精神十分焕发。然后又伸了个懒腰，就手儿在地上磨了磨脚指甲，后腿蹬起许多的土，沙沙地打在墙上，非常得意。在门前蹲坐起来，耳朵立着，坐着比站着身量高，加上两个竖立的耳朵，觉得自己很伟大而重要。

　　刚这么坐好，黄子由东边来了。黄子是这条胡同里的贵族，身量大，嘴是方的，叫的声音瓮声瓮气。大黑的耳朵渐渐往下落，心里嘀咕：还是坐着不动好呢，还是向黄子摆摆尾巴好呢，还是以进为退假装怒叫两声呢？他知道黄子的厉害，同时，又要顾及自己的尊严。他微微地回了回头，呕，没关系，坐在自己家门口还有什么危险？耳朵又微微地往上立，可是其余的地方都没敢动。

黄子过来了！在离大黑不远的一个墙角闻了闻，好像并没注意大黑。大黑心中同时对自己下了两道命令："跑！""别动！"

黄子又往前凑了凑，几乎是要挨着大黑了。大黑的胸部有些颤动。可是黄子好似没看见大黑，昂然走过去。他走远了，大黑开始觉得不是味道：为什么不乘着黄子没防备好而扑过去咬他一口？十分的可耻，那样的怕黄子。大黑越想越看不起自己。为发泄心中的怒气，开始向空中瞎叫。继而一想，万一把黄子叫回来呢？登时立起来，向东走去，这样便不会和黄子走个两碰头。

大黑不像黄子那样在道路当中卷起尾巴走。而是夹着尾巴顺墙根往前溜；这样，如遇上危险，至少屁股可以拿墙作后盾，减少后方的防务。在这里就可以看出大黑并不"大"；大黑的"大"和小花的"小"，都不许十分较真的。可是他极重视这个"大"字，特别和他主人在一块儿的时候，主人一喊"大"黑，他便觉得自己至少有骆驼那么大，跟谁也敢拼一拼。就是主人不在眼前的时候，他也不敢承认自己是小。因为不敢这么承认还不肯卷起尾巴走路呢；设若根本的自认渺小，那还敢出来走走吗？"大"字是他的主心骨。"大"字使他对小哈巴狗，瘦猫，叫花子，敢张口就咬；"大"字使他有时候对大狗——像黄子之类的——也敢露一露牙，和嗓子眼里细叫几声；而且主人在跟前的时候"大"字使他甚至于敢和黄子干一仗，

虽明知必败，而不得不这样牺牲。狗的世界是不和平的，大黑专仗着这个"大"字去欺软怕硬地享受生命。

大黑的长相也不漂亮，而最足自馁的是没有黄子那样的一张方嘴。狗的女性们，把吻永远白送给方嘴；大黑的小尖嘴，猛看像个籽粒不足的"老鸡头"，就是把舌头伸出多长，她们连向他笑一下都觉得有失尊严。这个，大黑在自思自叹的时候，不能不归罪于他的父母。虽然老太太常说，大黑的父亲是饭庄子的那个小驴似的老黑，他十分怀疑这个说法。况且谁是他的母亲？没人知道！大黑没有可靠的家谱作证，所以连和四眼谈话的时候，也不提家事；大黑十分伤心。更不敢照镜子；地上有汪水，他都躲开。对于大黑，顾影是不能引起自怜的。那条尾巴！细，软，毛儿不多，偏偏很长，就是卷起来也不威武，况且卷着还很费事；老得夹着！

大黑到了大院。四眼并没在那里。大黑赶紧往四下看看，好在二青什么的全没在那里，心里安定了些。由走改为小跑，觉得痛快。好像二青也算不了什么，而且有和二青再打一架的必要。再和二青打的时候，顶好是咬住他一个地方，死不撒嘴，这样必能制胜。打倒了二青，再联络四眼战败黄子，大黑便可以称雄了。

远处有吠声，好几个狗一同叫呢。细听，有她的声音！她，小花！大黑向她伸过多少回舌头，摆过多少回尾巴；可是她，她连正眼瞧大黑一眼也不瞧！不是她的过错；战败二青和黄子，她自然会爱大黑的。大黑决定去看看，谁和小花一块儿唱恋歌呢。快跑，别，跑太快了，和黄子碰个头，可不得了；谨慎一些好。四六步的跑。

看见了：小花，喝，围着七八个，哪个也比大黑个子大，声音高！无望！不便于过去。可是四眼也在那边呢；四眼敢，大黑为何不敢？可是，四眼也个子不小哇，至少四眼的尾巴卷得有个样儿。有点恨四眼，虽然是好朋友。

大黑叫开了。虽然不敢过去，可是在远处示威总比那一天到晚闷在家里的小哈巴狗强多了。那边还有个小板凳狗，安然的在家门口坐着，连叫也不敢叫；大黑的身份增高了很多，凡事就怕比较。

那群大狗打起来了。打得真厉害，啊，四眼倒在底下了。哎呀四眼；呕，活该，到底他已闻了小花一鼻子。大黑的嫉妒把友谊完全忘了。看，四眼又起来了，扑向小花去了，大黑的心差点跳出来了，自己耗着转了个圆圈。啊，好！小花极骄慢地躲开四眼。好，小花，大黑痛快极了。

那群大狗打过这边来了，大黑一边看着一边退步，心里说：别叫四眼看见，假如一被看见，他求我帮忙，可就不好办了。往后退，眼睛呆看着小花，她今天特别的骄傲，好看。大黑恨自己！退得离小板凳狗不远了，唉，拿个小东西杀杀气吧！闻了小板凳一下，小板凳跳起来，善意地向大黑腿部一扑，似乎是要和大黑玩耍玩耍。大黑更生气了：谁和你个小东西玩儿呢？牙露出来，耳朵也立起来示威。小板凳真不知趣：轻轻抓了地几下，腰儿塌着，尾巴卷着直摆。大黑知道这个小东西是不怕他，嘴张开了，预备咬小东西的脖子。正在这个当儿，大狗们跑过来了。小板凳看着他们，小嘴儿撅着巴巴的叫起来，毫无惧意。大黑转过身来，几乎碰着黄子的哥哥，比黄子还大，鼻子上一大道白，这白鼻梁看着就可怕！大黑深恐小板凳的吠声引起他们的注意，而把大黑给围在当中。可是他们只顾追着小花，一群野马似的跑了过去，似乎谁也没有看到大黑。大黑的耻辱算是到了家，他还不如小板凳硬气呢！

似乎得设法叫小板凳看出大黑是和那群大狗为伍的：好吧，向前赶了两步，轻轻地叫了两声，瞭了小板凳一眼，似乎是说：你看，我也是小花的情人；你，小板凳，只配在这儿坐着。

风也似的，小花在前，他们在后紧随，又回来了！躲是来不及了，大黑的左右都是方嘴——都大得出奇！他们全身没有一根毛能舒坦地贴着肉皮子，全离心离骨地立起来。他的腿好像抽出了骨头，只剩下些皮和筋，而还要立着！他的尖嘴向四围纵纵着，只露出一对大牙。他的尾巴似乎要挤进肚皮里去。他的腰躬着，可是这样缩短，还掩不住两旁的筋骨。小花，好像是故意的，挤了他一下。他一点也不觉得舒服，急忙往后退。后腿碰着四眼的头。四眼并没招呼他。

一阵风似的，他们又跑远了。大黑哆嗦着把牙收回嘴中去，把腰平伸了伸，开始往家跑。后面小板凳追上来，一劲儿巴巴的叫。大黑回头龇了龇牙：干吗呀，你！似乎是说。

回到家中，看了看盆里，老太太还没把食端来。倒在台阶上，舐着腿上的毛。

"一边去！好狗不挡道，单在台阶上趴着！"老太太喊。

翻了翻白眼，到墙根去卧着。心中安定了，开始设想：假如方才不害怕，他们也未必把我怎样了吧！后悔：小花挤了我一下，假使乘那个机会……决定不行，决定不行！那个小板凳！焉知小板凳不是个女性呢，竟自忘了看！谁和小板凳讲交情呢！

门外有人拍门。大黑立刻精神起来，等着老太太叫大黑。

"大黑！"

大黑立刻叫起来，往下扑着叫，觉得自己十二分的重要威严。老太太去看门，大黑跟着，拼命地叫。

送信的。大黑在老太太脚前扑着往外咬。邮差安然不动。老太太踢了大黑一腿："怎这么讨厌，一边去！"

大黑不敢再叫，随着老太太进来，依旧卧在墙根。肚中发空，眼瞭着食盆，把一切都忘了，好像大黑的生命存在与否，只看那个黑盆里冒热气不冒！

小黑狗

萧红

像从前一样，大狗是睡在门前的木台上。望着这两只狗我沉默着。我自己知道又是想起我的小黑狗来了。

前两个月的一天早晨，我去倒脏水。在房后的角落处，房东的使女小钰蹲在那里。她的黄头发毛着，我记得清清的，她的衣扣还开着。我看见的是她的背面，所以我不能预测这是发生了什么！

我斟酌着我的声音，还不等我向她问，她的手已在颤抖，唔！她颤抖的小手上有个小狗在闭着眼睛，我问：

"哪里来的？"

"你来看吧！"

她说着，我只看她毛蓬的头发摇了一下，手上又是一个小狗在闭着眼睛。

不仅一个两个，不能辨清是几个，简直是一小堆。我也和孩子一样，和小钰一样欢喜着跑进屋去，在床边拉他的手：

"平森……啊，……喔喔……"

我的鞋底在地板上响，但我没说出一个字来，我的嘴废物似的啊喔着。他的眼睛瞪住，和我一样，我是为了欢喜，他是为了惊愕。最后我告诉了他，是房东的大狗生了小狗。

过了四天，别的一只母狗也生了小狗。

以后小狗都睁开眼睛了。我们天天玩着它们，又给小狗搬了个家，把它们都装进木箱里。

争吵就是这天发生的：小钰看见老狗把小狗吃掉一只，怕是那只老狗把它的小狗完全吃掉，所以不同意小狗和那个老狗同居，大家就抢夺着把余下的三个小狗也给装进木箱去，算是那只白花狗生的。

那个毛褪得稀疏、骨骼突露、瘦得龙样似的老狗，追上来。白花狗仗着年轻不惧敌，哼吐着开仗的声音。平时这两条狗从不咬架，就连咬人也不会。现在凶恶极了。就像两条小熊在咬架一样。房东的男儿，女儿，听差，使女，又加我们两个，此时都没有用了。不能使两个狗分开。两个狗满院疯狂地拖跑。人也疯狂着。在人们吵闹的声音里，老狗的乳头脱掉一个，含在白花狗的嘴里。

人们算是把狗打开了。老狗再追去时，白花狗已经把乳头吐到地上，跳进木箱看护它的一群小狗去了。

脱掉乳头的老狗，血流着，痛得满院转走。木箱里它的三个小狗却拥挤着不是自己的妈妈，在安然地吃奶。

有一天，把个小狗抱进屋来放在桌上，它害怕，不能迈步，全身有些颤，我笑着像是得意，说：

"平森，看小狗啊！"

他却相反，说道：

"哼！现在觉得小狗好玩，长大要饿死的时候，就无人管了。"

这话间接的可以了解。我笑着的脸被这话毁坏了，用我寞寞的手，把小狗送了出去。

我心里有些不愿意，不愿意小狗将来饿死。可是我却没有说什么，面向后窗，我看望后窗外的空地；这块空地没有阳光照过，四面立着的是有产阶级的高楼，几乎是和阳光绝了缘。不知什么时候，小狗是腐了，乱了，挤在木板下，左近有苍蝇飞着。我的心情完全神经质下去，好像躺在木板下的小狗就是我自己，像听着苍蝇在自己已死的尸体上寻食一样。

平森走过来，我怕又要证实他方才的话。我假装无事，可是他已经看见那个小狗了。我怕他又要象征着说什么，可是他已经说了：

"一个小狗死在这没有阳光的地方，你觉得可怜么？年老的叫花子不能寻食，死在阴沟里，或是黑暗的街道上；女人，孩子，就是年轻人失了业的时候也是一样。"

我愿意哭出来，但我不能因为人都说女人一哭就算了事，我不愿意了事。可是慢慢的我终于哭了！他说："悄悄，你要哭么？这是平常的事，冻死，饿死，黑暗死，每天都有这样的事情，把持住自己。渡我们的桥梁吧，小孩子！"

我怕着羞，把眼泪拭干了，但，终日我是心情寞寞。

过了些日子，十二个小狗之中又少了两个。但是剩下的这些更可爱了。会摇尾巴，会学着大狗叫，跑起来在院子就是一小群。有时门口来了生人，它们也跟着大狗跑去，并不咬，只是摇着尾巴，就像和生人要好似的，这或是小狗还不晓得它们的责任，还不晓得保护主人的财产。

天井中纳凉的软椅上，房东太太吸着烟。她开始说家常话了。结果又说到了小狗：

"这一大群什么用也没有，一个好看的也没有，过几天把它们远远地送到马路上去。秋天又要有一群，厌死人了！"

坐在软椅旁边的是个60多岁的老更倌。眼花着，有主意的嘴结结巴巴地说：

"明明……天，用麻……袋背送到大江去……"

小钰是个小孩子，她说：

"不用送大江，慢慢都会送出去。"

小狗满院跑跳。我最愿意看的是它们睡觉，多是一个压着一个脖子睡，小圆肚一个个的相挤着。是凡来了熟人的时候都是往外介绍，生得好看一点的抱走了几个。

其中有一个耳朵最大，肚子最圆的小黑狗，算是我的了。我们的朋友用小提篮带回去两个，剩下的只有一个小黑狗和一个小黄狗。老狗对它两个非常珍惜起来，争着给小狗去舔绒毛。这时候，小狗在院子里已经不成群了。

我从街上回来，打开窗子。我读一本小说。那个小黄狗挠着窗纱，和我玩笑似的竖起身子来挠了又挠。

我想：

"怎么几天没有见到小黑狗呢？"

我喊来了小钰。别的同院住的人都出来了，找遍全院，不见我的小黑狗。马路上也没有可爱的小黑狗，再也看不见它的大耳朵了！它忽然是失了踪！

又过三天，小黄狗也被人拿走。

没有妈妈的小钰向我说：

"大狗一听隔院的小狗叫，它就想起它的孩子。可是满院急寻，上楼顶去张望。最终一个都不见，它哽哽地叫呢！"

十三个小狗一个不见了！和两个月以前一样，大狗是孤独地睡在木台上。

平森的小脚，鸽子形的小脚，栖在床单上，他是睡了。我在写，我在想，玻璃窗上的三个苍蝇在飞……

花狗

萧红

在一个深奥的，很小的院心上，集聚几个邻人。这院子种着两棵大芭蕉，人们就在芭蕉叶子下边谈论着李寡妇的大花狗。

有的说："看吧，这大狗又倒霉了。"

有的说："不见得，上回还不是闹到终归儿子没有回来，花狗也饿病了，因此李寡妇哭了好几回……"

"唉，你就别说啦，这两天还不是么，那大花狗都站不住了，若是人一定要扶着墙走路……"

人们正说着，李寡妇的大花狗就来了。它是一条虎狗，头是大的，嘴是方的，走起路来很威严，全身是黄毛带着白花。它从芭蕉叶里露出来了，站在许多人的面前，还勉强地摇一摇尾巴。

但那原来的姿态完全不对了，眼睛没有一点光亮，全身的毛好像要脱落似的在它的身上飘浮着。而最可笑的是它的脚掌很稳地抬

狗趣

起来，端得平平的再放下去，正好像希特勒的在操演的军队的脚掌似的。

人们正想要说些什么，看到李寡妇戴着大帽子从屋里出来，大家就停止了，都把眼睛落到李寡妇的身上。她手里拿着一把黄香，身上背着一个黄布口袋。

"听说少爷来信了，倒是吗？"

"是的，是的，没有多少日子，就要换防回来的……是的……亲手写的信来……我是到佛堂去烧香，是我应许下的，只要老佛保佑我那孩子有了信，从哪天起，我就从哪天三遍香烧着，一直到他回来……"那大花狗仍照着它平常的习惯，一看到主人出街，它就跟上去，李寡妇一边骂着就走远了。

那班谈论的人，也都谈论一会儿各自回家了。

留下了大花狗自己在芭蕉叶下蹲着。

大花狗，李寡妇养了它十几年，李老头子活着的时候，和她吵架，她一生气坐在椅子上哭半天会一动不动的，大花狗就陪着她蹲在她的脚尖旁。她生病的时候，大花狗也不出屋，就在她旁边转着。她和邻居骂架时，大花狗就上去撕人家衣服。她夜里失眠时，大花狗摇着尾巴一直陪她到天明。

所以她爱这狗胜过于一切了，冬天给这狗做一张小棉被，夏天给它铺一张小凉席。

李寡妇的儿子随军出发了以后，她对这狗更是一时也不能离开的，她把这狗看成个什么都能了解的能懂人性的了。

有几次她听了前线上恶劣的消息，她竟拍着那大花狗哭了好几次，有的时候像枕头似的枕着那大花狗哭。

大花狗也实在惹人怜爱，卷着尾巴，虎头虎脑的，虽然它忧愁了，寂寞了，眼睛无光了，但这更显得它柔顺，显得它温和。所以每当晚饭以后，它挨着家凡是里院外院的人家，它都用嘴推开门进去拜访一次，有剩饭的给它，它就吃了，无有剩饭，它就在人家屋里绕了一个圈就静静的出来了。这狗流浪了半个月了，它到主人旁边，主人也不打它，也不骂它，只是什么也不表示，冷静的接得了它，而并不是按着一定的时候给东西吃，想起来就给它，忘记了也就算了。

大花狗落雨也在外边，刮风也在外边，李寡妇整天锁着门到东城门外的佛堂去。

有一天她的邻居告诉她：

"你的大花狗，昨夜在街上被别的狗咬了腿流了血……"

"是的，是的，给它包扎包扎。"

"那狗实在可怜呢，满院子寻食……"邻人又说。

"唉，你没听在前线上呢，那真可怜……咱家里这一只狗算什么呢？"她忙着话没有说完，又背着黄布口袋上佛堂烧香去了。

等邻人第二次告诉她说：

"你去看看你那狗吧！"

那时候大花狗已经躺在外院的大门口了，躺着动也不动，那只被咬伤了的前腿，晒在太阳下。

　　本来李寡妇一看了也多少引起些悲哀来，也就想喊人来花两角钱埋了它。但因为刚刚又收到儿子一封信，是广州退却时写的，看信上说儿子就该到家了，于是她逢人便讲，竟把花狗又忘记了。

　　这花狗一直在外院的门口，躺了三两天。

　　是凡经过的人都说这狗老死了，或是被咬死了，其实不是，它是被冷落死了。

忠实的小狗

杜宣

这已是六十多年前的故事了。

这年冬天大雪。大除夕的晚上,吃完年夜饭之后,照例是我们最高兴的时候。全家都梳洗得整整齐齐,穿上了新衣服。大门上贴上"封门大吉"的红纸,放了爆竹,这就是真的过年了。等到天蒙蒙亮的时候,大家忙着摆香案,将"封门大吉"的红纸撤去,换上"开门大吉"四个字。当大门一打开,外面大雪纷飞,一只似乎还未满月的小狗,蜷伏在大门坎下,全身冻得发抖。祖母一看,十分高兴。她说:"狗来富,这是好兆头。"我一听就把小狗抱了进来。这以后,这狗就成为我和妹妹们的宠物了。小狗长得十分快,天气一天天暖和了起来,它的胎毛脱换了,原来是只全身深黄色、背脊上一串黑色的雄狗。

我的两个妹妹上的翘秀小学,距家有一段路,还要过一座木桥。

这只狗每天一早送她们上学，看到她们进了校门，就独自回家。它不爱在外面游荡，总是躺在大门内，尽着它看家的责任。

这正是蒋介石发动五次"围剿"的时候。我们这个小城市，大军云集。人们噤若寒蝉，无事均不出门。有一天，这狗忽然不见了。我们全家到处寻找，均无踪影。它已成为我们家的成员之一。它的失踪，使全家大小，为之悒悒者终日。夜深，全家均已入睡，忽然听见它的狂吠，我们急去开门，它向我们每人身上扑上来，并不住舔我们的脸，表现出劫后逃生的狂喜。我们再仔细一看，它脖子上拴了根皮带，还拖一根链条。

一年以后，我父亲调到另外一个地方工作。只有母亲一人留在家里办理一些未了事项，等暑假我回家后，一同前去。当暑假回家，帮母亲收拾行装，准备离家时，我要求母亲将狗带走，母亲也答应了。

这天一早，我们母子二人带了行李和一只狗，来到火车站，买了票，托运了行李。当我们进站检票时，检票员发现有只狗，不许带进。经一再交涉，检票员提出要买一张三等车票才许带进。母亲认为要拿几块银圆，为狗买车票，她感到这简直是荒唐。正在僵持的时候，我看到站边栏杆有缺口。就立即将狗带到栏杆缺口处，向里面一指，要它从这里进去。它真聪明，立即钻进去，越过铁轨跳上月台，这时我正好随母亲进了月台。我们上了车厢，拣了位子坐下，叫它钻到座位下，它立即钻了下去，但尾巴还露在外面，我用脚踢了一下，它立刻将尾巴收了进去。这样在火车上一直待了四个半小时，它在座位下，一动也不动。到站下车时，我伸手下去拍了它一下，它立即爬出来，抖了一抖身子，和我们一道下车出站。这时我心想，今天这一关总算过去了，明天要乘一天长途汽车，困难就更大了。

有了火车上的经验，又去摸了一下情况，心里比较有数了。翌日一早四时，我就赶到汽车站，因六时开始排队买票. 我必须排第一个，买到第一号、第二号两张票才行。因为我已打听好了哪一辆车了，如果在大家上车前我能将狗送到位子下，那就没问题了。

这真是一次艰苦的长途旅行，早上六时发车，下午将近六时到达，十二个小时的旅程，其间要下车过三次河，当时河上均未架桥，每次过河，均人车分开。还下车吃了一餐午饭。它已完全能了解我们的语言和它自己的处境，每次下车我均轻轻拍拍它，要它不要动，我们马上会回来。在长达十二个小时中，它伏在座位下，纹丝不动，也不吃喝，也无大小便。它的聪明和忍耐力，真使人惊讶。

这是个小县城，没有车辆好雇。只有雇人挑行李，我自己搀着母亲。母亲是小脚，走得较慢，但挑夫挑起行李，走得很快。这狗却主动跟着挑夫走。挑夫走近路，所以走的都是弯弯曲曲的小巷。每当挑夫挑着担子拐进巷子，看不见我们的时候，它就咬着挑夫的裤脚管不让他走，等到看见了我们才松下口来。就是这样走到我们目的地，当母亲付钱给挑夫时，他惊奇地说："你们这只狗怎么教得这么好？"我说："我们从来没有教过它。"

这以后我因湖海栖迟，浪迹四方。新中国成立后，家里人告诉我这只狗已老死了。我们一家人从此都不吃狗肉。

关于狗的回忆

傅雷

当同学们在饭堂里吃饭，或是吃完饭走出饭堂的时候，在桌子与桌子中间，凳子与凳子中间，常常可以碰到一二只俯着头寻找肉骨的狗，拦住他们的去路。他们为维持人类的尊严起见，便冷不防地给它一脚，——On Lee 一声，它自知理屈地一溜烟逃了。

On Lee 一声，对于那位维持人类尊严的同学，固然是种胜利的表示，对于别的自称"万物之灵"的同学们，或许也有一种骄傲的心理。可是对于我，这个胆怯者，弱者，根本不知道"人类尊严"的人，却是一个大大的刺激。或者是神经衰弱的缘故吧！有时候，这一声竟会使我突然惊跳起来，使同坐的 L 放了饭碗，奇怪地问我。

为了这件小小的事情，在饭后的谈话中，我便讲起我三年前的一篇旧稿来：

那时我还在 W 校读书，照他们严格的教会教育，每天饭后须得玩球的，无论会的，不会的，大的，小的，强者，弱者；凡是在一院里的，统得在一处玩，这是同其他的规则一样，须绝对遵守的。

一天下午，大家正照常地在草地上玩着足球，呼喊声，谈话声，相骂声，公正人的口笛声……杂在一堆，把沉寂的下午，充满着一种兴奋的、热烈的空气。

忽然的，不知从什么地方进来了一条黄狗，他还没有定定神舒舒气的时候，早已被一个同学发现了。……一个……两个……四个地发现了！噪逐起来了！

十个，二十个……地噪逐起来了。有的已拾了路旁的竹竿，或树枝当武器了。

霎时间全场的空气都变了，球是不知到了哪里去了，全体的人发疯似的像追逐宝贝似的噪逐着。

兴高采烈的教士——运动场上的监学——也呆立着，只睁着眼看着大家如醉如狂地追逐一条拼命飞奔的狗。

它早已吓昏了，还能寻出来路而逃走吗？它只是竖起两耳，拖着尾巴，像无头苍蝇一样地满场乱跑。雨点般的砖头，石子，不住地中在它的头上，背上……它是真所谓"惶惶如丧家之犬"了！

渐渐地给包围起来了，当它几次要想从木栅门中钻出去而不能之后。而且，那时它已经吃了好几下笨重的棍击，和迅急的鞭打。

不知怎样的，它竟冲出重围，而逃到茅厕里去了。

霎时间，茅厕外面的走廊中聚满了一大堆战士。

"好！茅厕里去了！"一个手持树枝的同学喊道。

"那……最好了!"又一个上气不接下气地回答着。

"自己讨死……快进去吧!"

茅厕的门开了,便发现它钻在两间茅厕的隔墙底下,头和颈在隔壁,身子和尾巴在这一边。

可怜的东西,再也没处躲闪了,结实的树枝鞭挞抽打!它只是一声不响地,拼命地挨,想把身子也挨过墙去。

当当的钟声救了它,把一群恶人都唤了去。

当我们排好队伍,走过茅厕的时候,一些声音也没有。虽然学生们很守规矩,很静默地走着;但我们终听不到狗的动静。

当我们刚要转弯进课堂的时候,便看见三四个校役肩着扁担,拿着绳子,迎面奔来,说是收拾他去了。

果然,当三点钟下课,我们去小便的时候,那条狗早已不在了,茅厕里只有几处殷红的血迹,很鲜明地在潮湿的水门汀上发光,在墙根还可寻出几丛黄毛。除此之外,再也没有狗的什么遗迹了。

直到晚上,没有一个同学提起这件事。

隔了两天,从一个接近校役的同学中听到了几句话:

"一张狗皮换了二斤高粱,还有剩钱大家分润!"

狗肉真香!……比猪肉要好呢!昨天他们烧了,也送我碗吃呢。啊,那味儿真不错!

我那时听了,不禁怒火中烧,恨不得拿手枪把他们——凶手——一个个都打死!

于是我就做了一篇东西,题目就叫"勃郎林"。大骂了一场,自以为替狗出了一口冤气。

那篇旧稿，早已不知道到哪里去了。可是那件事情，回忆起来，至今还叫我有些余愤呢！

我讲完了，叹了一口气，向室中一望:L已在打盹了。S正对着我很神秘地微笑着，好像对我说:"好了！说了半天，不过一只死狗！也值得大惊小怪的吗？"

我不禁有些怅然了！

十五年，十二,十五深夜草毕。

狗

靳以

　　豢养猫啊狗啊的兴致，只是我的姊姊有的，用好话从亲友那里讨了来是她，关心饮食沐浴的是她，为着这些小动物流泪的也是她；自从被遣嫁了，她所豢养的猫狗，就死的死了，逃的逃了。就是到了辽远的×城去，在信中还殷切地问到花花黑黑的近况，她再也想不到随了中落之家，花花死了，黑黑从半掩的街门，不知逃到哪一方去了。

　　对于狗，在初小的时候就留下恐惧的影子。记得那是到左邻的一家去，在那家的后院里，我还想得起有许多只瓦缸，有的长着荷花，有的养了金鱼。把小小的头探在缸沿，望着里面的游鱼漾碎一张自己圆圆的脸影，是最感觉兴味的事。每次去把腿跨进一尺半高的门限已经是一件难事了，才怀着点欣悦站到里面，洪亮的犬吠立刻就响起来。一只高大的狗跳跃着，叫着；颈间锁着的铁链声混在叫声之中。它的剽悍勇猛，像是随时可以挣断那条铁链，嘴角流着沫，眼睛像是红的。

我总是被吓得不敢动一步，连反身逃走的心念也忘了，而为犬声惊动的好心主人，就会从上房走出来，一面"畜生畜生"地叱住了狗，一面走来领了我的手，还再三地说着："不要怕，不要怕，它不会咬人的。"

它真是没有咬过我，可是我每次走去，它总要凶恶地大叫。"红眼睛的狗是咬死人的，尾巴垂下来的是疯狗……"不知谁和我这样说过一次，印象深深地刻在心中。"……要躲开它们，咬了要死的。"

已是一个怕狗的孩子，当然更会记得清清楚楚。却有次，午饭后，许多同学都跑到学校后门那里去看疯狗，自己也就壮壮胆子夹在里面。在那小学校的后面，正是一座小药王庙，许多人围了庙前的旗杆。我钻进去，才看见这旗杆脚下用麻绳绑了一只黄狗。不大，也不记得尾巴是否垂下，只是被两三个汉子用木棍挥打。那条狗像用尽所有的力量想逃开，时时被打得躺在那里；可是过一些时又猛力地冲一下。它不是吠叫着了，它是哀鸣，它的嘴角流着血。相反我所有的记忆，那条疯狗并不使我恐惧，却引起我的怜悯。我想哀求他们停一停手，更多的人却笑着十分得意的样子。我只能忍着两只湿润的眼睛，又从人群中钻了出来。

那条瘦小的狗，它的哀鸣，它那流血的嘴，在我的脑子上涂了鲜明的色彩，梦中显现出来就哭着醒了的时候有过不止两次。

为什么他们要打死它呢？

　　想着，问着这同一的话，在抚慰着的母亲，只是温和地拍着身子，一直到又睡着了的时候。

　　长成了的时节，把活生生的人强制地置之死地的事也不知看过了多少桩，想来为着一条疯狗而流泪的举动是太愚蠢了。多少年的真实生活，把自己的个性磨成没有棱角随方就圆，不知是为了自己还是为了别人才活下去。一天又一天，每天都是不知为了什么忙碌着，可是我并不愉快，连一点安静的心情也很少有。

　　我的感觉渐渐地变为迟钝了，我知道我所看到和我所听到的，并不是不移的真实。由于恶的天性，由于虚伪，什么都变了样。我曾经做过十足的呆子，可是一个呆子，在这个社会上，也能得着一点小小的聪明。

　　有一次，真的深深地打动了我的还是一条狗，那是当我住在×城的时节。总是秋尽的十月天吧，还下着雨，随了雨俱来的是透衣的寒冷。我是从友人家出来，近黄昏，原是说好晚饭后才回去的，却为了一转念间想到早归，便起身告辞了。友人再三好心地留我，说是等雨停了再走也不迟；可是我知道黄昏还飘雨，总有一夜的淅沥。

　　不知道那一次为什么，我没有坐车子，便独自在雨中行走，也许是又记起来忘却的癖好。街上的人并不多，所以自己才得十分悠闲地迈着步子。

　　好像是在一个路口那里停下来，因为路不熟，正在想着该顺着哪一条路走去，一间破旧的房子正迎了我，响着细细的小狗的鸣声，低下了头，就看到破檐下墙根旁，一条狗卧在那里，三只或是四只还没有张开眼的小狗蠕蠕地动着，抢着去吃奶。那是一条瘦得不像样子的狗，还在病着，好像再也不能活上两三天。身上的皮毛有几处是脱落了，雨又浇得湿淋淋的，半闭着的眼睛已经变了色，艰难地做着最后的呼吸，看得出腹部上迟缓的一起一伏。它就是蜷卧在那里，大约还是几天没有食物下口了，难得再移动一步。有时候它的眼睛张开了，眼珠显得十分呆滞，强自抬起头贪婪地看看那几个狗仔，便又闭了眼，垂下头去。可是它还不忘记把后腿动一下，或是把腹部转一下，为了使小狗能更容易些衔住乳头。有的时候一条小狗跑近它的头部，几乎是直觉地伸出舌头来，缓缓地一下一下在小狗的身上舐着。它却不记得泥水浸着它的身子，它也忘记了即将来临的死亡！

我几乎是惊住了，就站在那里。有的人从我的身边过去了，像没我的存在；有的人把好奇的眼睛朝我望了望。我自己可是被这景象所感动了，我几乎要流泪了。我不愿意过于柔弱，可是在这伟大的真情下，我怎么还能止住我的泪呢？觉得惭愧了吧，觉得渺小了吧，而在自己，为了那时母亲才故去不多时，心中更有着难以说出的酸楚呢！

兀自站在那里，不忍离去，雨是渐晚渐大了，心中在想着它们该挪动一下了，不然雨水会更多地落在它的身上，那么它更要少看几眼它的幼小者。

为着不幸的狗而深思着，却不提防雨水已经淋透了帽子，还着着实实地湿彻了两肩。一股寒冷穿进了我的心，我的身子在微微颤抖着，我不得不再移动我的脚步；可是我的脚步是更迟钝了。

夜沉了下来，在细细的小狗的鸣叫之中，还有那条母狗的哀鸣。它是留恋呢，还是怨愤呢；却难为人所知了。

我还记得后几日间我总像听到那哀鸣的声音，而一闭起了眼，就像又看到垂死的狗和它那一群才到世上来的子女们。

悼花狗

凌叔华

不知是不是你们狗的运命也有人一样的不能用科学方法证明的预兆，这几天花狗你总是无精打采地躺在门口草地上，饭也不爱吃，小孩子招呼你，你也只摇一摇尾巴，微微睁一睁眼，便又闭上了。

前天我站在门口浇花，看见你蜷着身子躺着，不知怎的，我心上忽然一阵凉凉的难过。后来你立起来喝了一口洗衣盆的水，抬头似乎瞄我一下，我急给你换新水，你却无气力喝，慢慢地踱下山路去了。我转入房来，想起这几天听到打狗的消息，心里很不舒坦，只想叹气，不一会儿，便听见外面人嚷说花狗打死了。

我匆匆跑下楼来，听说你已被人拉到保安队那里剥皮分肉。

"我们自己养的狗，可不能让人剥皮！"好一会儿，我才迸出这一句话。花狗，你不恨这个怯懦的主人吧？你活着不能保护你（也许可以说是没有良心的主人，因为你保护过我们家三口一年多，我们却一朝都保护不了你！），你死了还没有勇气仗义说几句话。

后来找了一个村人把你要回来，叫他挖一个坑在僻静的山地埋了你。这时方才听说这次一共打死六只狗，数目不及狗的一半，你却是第一个遭难者。我在前两天便啰啰唆唆地东问一下，西问一下，说几时打狗，要通知一下方好。因为这样问法没有下文，我还装出很聪明地说："通知大家，免得吓了小孩子反为不妥。"谁知怎样用心你都没有逃去这个劫，还有什么说的！怪不得你死了好一会儿，眼没有闭上。

但是，花狗，你也不必太抱屈了。这年头，人命其实也哪里有保障的。我们无奈何时只好自怨没有生在白种国度里罢了，受尽了苦恼灾祸，到了焦头烂额，还不是说一套怨天尤人的废话便完。你也该认命吧，你为什么不托生做西洋狗或哈巴狗呢，他们是没有人想到会有疯狗嫌疑的，也许人们根本没有当他们是狗，至少在中国是这样。

说到命，我却代你十分抱不平了。上天既有好生之德，为什么却让命运的恶魔捉弄你一个够。

我记得你在去年这个时候来我家的，那时你的母亲生下你才一两天，便给人一枪打死了。剩下几只小狗汪汪地日夜叫，不知怎的竟叫动了一个兵的恻隐之心。他老远地抱出你来，说是送给小孩玩。因为当时不少人主张打狗我们反代狗抚孤，恐招物议，就推了不想要，但是天真烂漫的小莹，她见了你却紧紧地搂着不放手，"人心是肉做的"，我不忍说出一定不收留的话了。

你那时还不会吃饭，终日汪汪地只会叫，叫得人心酸。足足饿了一天，好容易你肯喝点牛奶，小莹每日要把两回的牛奶剩下一半喂给你吃，一个月后，你才慢慢地胖起来，依依地跟在我们的脚边。

你好容易算是度过哺乳期，天便热了，你身上又生了一些虱，我们一家人都出动了才捉牢你，给你用药水洗了几次方好了。到了三伏你身上却又长了一个疮，痛得日夜啼叫，幸而那时家里的仆人都怜惜你，他们肯不避臭秽，替你洗疮上药，足足一个多月，你才好了，这时你却出脱得成了一只顶雄壮的狗了！

去年秋天，是你一生中最幸运的日子吧。山上的孩子都欢喜你，常远远地跑来找你，虽然他们大多是要骑你当马跑。

你给他们玩得很疲乏，伸着舌头喘气，但是你没有一次生过气把他们摔下来或吠一声！

邻居的女主人及小孩子都很爱你，他们常留东西等你去吃。你呢，居然也懂食人之禄，忠人之事的大道理。好多次我们都指着你笑说："看看花狗躺在去东边的路上，他兼差呢！"

你那时凡看见面生可疑的人到东邻去，或到我家来，你从不曾错过一下，到哪家你便向哪家拼命地吠，把那讨厌的人影吠走了方住声。

我们有时到乡村走走，每怕他们的狗吠生人不敢去。有几次带了你去，一大群村狗踞在岗头，向我们狂吠，你不但不畏缩，反很勇猛地冲向前去，把那群狗吓了一跳，夹着尾巴跑回家去了。我们不禁很钦佩地望着你，你却连头也不回一回，悠然向一旁遛去。这是名将的风度！我心里常私下赞叹着这一年来，我们夜里能安稳地睡，做恬静的梦，都该谢谢你。你方满一个月时，夜里听到一点声音便会汪汪地吠，那吠声沙沙地带着小狗的嫩腔，使人听了自然动了怜惜。你大了，便每夜横卧在我们前门口，直到天亮开门时，你才起来。有时我们晚上出门，半夜回家，你没有一次不跳起来摇头摆尾迎上坡子去，大雪大雨中，你都没有缺过这个礼。唉，这礼字是太生疏了，不如说你没缺过这个情吧！

这样快乐日子算来只有几个月。今年春天来得特别早，山上桃杏花在二月初便怒放，太阳暖得如初夏，蛤蟆终朝叫得不歇，享福的人便哼着困人天气的诗句，你也懒洋洋的，不爱活动了。

古人说得不错，"死生有命，富贵在天"，以前我只知用来解释人的遭际不会错，现在却发现也可以应用到你们狗的世界了！为了使你可爱的灵魂安静起见，也许该把你们遭遇的不幸缘起，以及命运的捉弄细说一遍。

据说不知多少时以前，曾有聪明人看见了菜花盛开，狗儿成群地吠（这时聪明人却没理会蛤蟆震天地叫，踏青的男女异样地笑，甚至终年不见风日的老公公老婆婆也拖着孙儿曳着杖在春风里嗝嗝地走！），他便编出两句名言来，"菜花黄，狗子狂"。这话传留给有心人听到，便牢记在心。每年看见菜花黄了，第一件事便叮嘱自己的孩子千万要小心疯狗咬了。小孩子谁不是说风就是雨藏不得事的，于是见了一只狗，便联想到大人的话，大喊着，"疯狗来了"。只要有一个孩子高声叫，就有一群孩子跟着嚷嚷。胆子小的，便像碰到妖怪一样，张着嘴叫着回家，一把鼻涕一把眼泪地说个不休，把妈妈一颗心吓得七上八下地跳。胆子大的呢，大多是唯恐天下无事的小英雄，他们呼啸着把石头掷狗儿玩一个饱，看胆小的孩子东奔西窜的取笑一个够，余兴未尽，便跑到大人跟前，描头画脚，加油加醋地创作出一只疯狗来。当他们看见大人（其实世上多的是理解力不如孩子的大人）摩拳擦掌嘶喊打狗，他们脸上立刻现出一种光，那与作家见人称道自己文章时脸上发的光没有多少差别吧。

花狗，我这里描述的事，原是想让你明白这次惨死说来都是偶然形成的不幸，绝非人们与你们结了什么深仇大恨。可惜去年这时候你还太小，不懂事理。我清清楚楚地记得孩子们起先时要打疯狗，等到山路上东一堆西一堆横着淌血的狗时，曾惹得多少孩子掩面呜呜地哭，多少恬静的童年梦罩上重黑影；甚至平日顶大胆的男孩都躺在床上哭半天，要求他的家人保护他爱的一只狗。

我还记得打过狗的第二天，就有几个孩子来我家，看见你，都伸着手很怜惜地抚摸你。

花狗，你不要恨这个怯懦的主人，等到你死了还给你说上篇信命的废话吧！富贵在天的话，现在也不必多讲了，你若抱怨就抱怨上帝没把你托生做洋狗或哈巴狗吧，他们不但不给人打死，还有人怕他染病，打预防的针。话说回来，我们中国许多人还不是同你一样命运，家里生儿子多了，养大了再不能养活，便一批一批当兵去，遇到内战，便成千成万地给人像牛羊一样赶着冲锋。聪明的人还说中国要没有内战这东西，人口问题是很严重的呢！

算了，不说了，自古皆有死，活上几十年也一样的死。你若是还觉得死得太冤了不能瞑目，这也不必。我敢同你说，就是人类，古今来没有一个不死得冤的。穷苦无告的死得冤不用提了，就是有钱有势的伟人，还不是因为吃错了药打错了针，甚至吃多了燕窝鱼翅参茸之类也会一命呜呼？在病菌来源去路没有完全发现以前，在医药尚在探讨以前，人，以至于会拿枪打死狗的人，谁能说他自己死得不冤枉呢？据说人身上只需开针口大小的一孔，就可以让几万病菌排一列队冲入血管去。这不幸机会其实是太多了，防也无从防起，谁能死得不冤枉呢！

这一大篇话，并非随手拈来，让你快意。我是要给你说明世界未臻至高文明前，死得冤不冤的话是不必难过的。我们把你埋在很清幽的一个山隅。那里有五六株含苞未放的紫藤花围着你呢。过十来天，它们开了花，它们的浓艳的颜色与可爱的芬芳将带出你的个性在世上，我祝福它永远不为樵采者摧残。

自从你死后，一连三日都有风雨，桃花全谢了，山上听不见一只鸟叫，看不见一只蝶飞。东湖的水也不复浓碧如酒了。湖滨路上已不见游春的车马。远远望去，只有陶然亭题香冢的"风雨凄迷绿满汀"诗句最切此时景物了。

可爱的灵魂，安息了吧！你虽只有一年生命在世上，可是我们认识你的人，都在心的深处，铭刻着"短歌终，明月缺"的名句。花狗，静静地安息吧！

小狗包弟

巴金

　　一个多月前，我还在北京，听人讲起一位艺术家的事情，我记得其中一个故事是讲艺术家和狗的。据说艺术家住在一个不太大的城市里，隔壁人家养了小狗，它和艺术家相处很好，艺术家常常用吃的东西款待它。"文革"期间，城里发生了从未见过的武斗，艺术家害怕起来，就逃到别处躲了一段时期。后来他回来了，大概是给人揪回来的，说他"里通外国"，是个反革命，批他，斗他。他不承认，就痛打，拳打脚踢，棍棒齐下，不但头破血流，一条腿也给打断了。批斗结束，他走不动，让专政队拖着他游街示众，衣服撕破了，满身是血和泥土，口里发出呻唤。认识的人看见半死不活的他，都掉开头去。忽然一只小狗从人丛中跑出来，非常高兴地朝着他奔去。它亲热地叫着，扑到他跟前，到处闻闻，用舌头舔舔，用脚爪在他的身上抚摸。别人赶它走，用脚踢，拿棒打，都没有用，它一定要留在它的朋友的身边。最后专政队用大棒打断了小狗的后腿，它发出几声哀叫，痛苦地拖着伤残的身子走开了。地上添了血迹，艺术家的破衣上留下几处狗爪印。艺术家给关了几年才放出来，他的第一件事就是买几斤肉去看望那只小狗。邻居告诉他，那天狗给打坏以后，回到家里什么也不吃，哀叫了三天就死了。

听了这个故事，我又想起我曾经养过的那条小狗。是的，我也养过狗。那是1959年的事情。当时一位熟人给调到北京工作，要将全家迁去，想把他养的小狗送给我，因为我家里有一块草地，适合养狗的条件。我答应了，我的儿子也很高兴。狗来了，是一条日本种的黄毛小狗，干干净净，而且有一种本领：它有什么要求时就立起身子，把两只前脚并在一起不停地作揖。这本领不是我那位朋友训练出来的。它还有一位瑞典旧主人，关于他我毫无所知。他离开上海回国，把小狗送给接受房屋租赁权的人，小狗就归了我的朋友。小狗来的时候有一个外国名字，它的译音是"斯包弟"。我们简化了这个名字，就叫它做"包弟"。

包弟在我们家待了七年，同我们一家人处得很好。它不咬人，见到陌生人，在大门口吠一阵，我们一声叫唤，它就跑开了。夜晚篱笆外面人行道上常常有人走过，它听见某种声音就会朝着篱笆又跑又叫，叫声的确有点刺耳，但它也只是叫几声就安静了。它在院子里和草地上的时候多些，有时我们在客厅里接待客人或者同老朋友聊天，它会进来作几个揖，讨糖果吃，引起客人发笑。日本朋友对它更感兴趣，有一次大概在1963年或者以后的夏天，一家日本通讯社到我家来拍电视片，就拍摄了包弟的镜头。又有一次日本作家由起女士访问上海，来我家做客，对日本产的包弟非常喜欢，她说她在东京家中也养了狗。两年以后，她再到北京参加亚非作家紧急会议，看见我她就问："您的小狗怎样？"听我说包弟很好，她笑了。

我的爱人萧珊也喜欢包弟。在三年困难时期，我们每次到文化俱乐部吃饭，她总要向服务员讨一点骨头回去喂包弟。1962年我们夫妇带着孩子在广州过了春节，回到上海，听妹妹们说，我们在广州的时候，睡房门紧闭，包弟每天清早守在房门口等候我们出来。它天天这样，从不厌倦。它看见我们回来，特别是看到萧珊，不住地摇头摆尾，那种高兴、亲热的样子，现在想起来我还很感动，仿佛又听见由起女士的问话："您的小狗怎样？"

"您的小狗怎样？"倘使我能够再见到那位日本女作家，她一定会拿同样的一句话问我。她的关心是不会减少的。然而我已经没有小狗了。

1966年8月下旬红卫兵开始上街抄"四旧"的时候，包弟变成了我们家的一个大"包袱"，晚上附近的小孩时常打门大喊大嚷，说是要杀小狗。听见包弟尖声吠叫，我就胆战心惊，害怕这种叫声会把抄"四旧"的红卫兵引到我家里来。当时我已经处于半靠边的状态，傍晚我们在院子里乘凉，孩子们都劝我把包弟送走，我请我的大妹妹设法。可是在这时节谁愿意接受这样的礼物呢？据说只好送给医院由科研人员拿来做实验用，我们不愿意。以前看见包弟作揖，我就想笑，这些天我在机关学习后回家，包弟向我作揖讨东西吃，我却暗暗地流泪。

形势越来越紧。我们隔壁住着一位年老的工商业者，原先是某工厂的老板，住屋是他自己修建的，同我的院子只隔了一道竹篱。有人到他家去抄"四旧"了。隔壁人家的一动一静，我们听得清清楚楚，从篱笆缝里也看得见一些情况。这个晚上附近小孩几次打门捉小狗，幸而包弟不曾出来乱叫，也没有给捉了去。这是我六十多年来第一次看见抄家，人们拿着东西进进出出，一些人在大声叱骂，有人摔破坛坛罐罐。这情景实在可怕。十多天来我就睡不好觉，这一夜我想得更多，同萧珊谈起包弟的事情，我们最后决定把包弟送到医院去，交给我的大妹妹去办。

包弟送走后，我下班回家，听不见狗叫声，看不见包弟向我作揖、跟着我进屋，我反而感到轻松，真有一种甩掉包袱的感觉。但是在我吞了两片眠尔通、上床许久还不能入睡的时候，我不由自主地想到了包弟，想来想去，我又觉得我不但不曾甩掉什么，反而背上了更加沉重的包袱。在我眼前出现的不是摇头摆尾、连连作揖的小狗，而是躺在解剖桌上给割开肚皮的包弟。我再往下想，不仅是小狗包弟，连我自己也在受解剖。不能保护一条小狗，我感到羞耻；为了想保全自己，我把包弟送到解剖桌上，我瞧不起自己，我不能原谅自己！我就这样可耻地开始了十年浩劫中逆来顺受的苦难生活。一方面责备自己，另一方面又想保全自己，不要让一家人跟自己一起堕入地狱。我自己终于也变成了包弟，没有死在解剖桌上，倒是我的幸运。……

　　整整十三年零五个月过去了。我仍然住在这所楼房里，每天清早我在院子里散步，脚下是一片衰草，竹篱笆换成了无缝的砖墙。隔壁房屋里增加了几户新主人，高高墙壁上多开了两扇窗，有时倒下一点垃圾。当初刚搭起的葡萄架给虫蛀后早已塌下来扫掉，连葡萄藤也被挖走了。右面角上却添了一个大化粪池，是从紧靠着的五层楼公寓里迁过来的。少掉了好几株花，多了几棵不开花的树。我想念过去同我一起散步的人，在绿草如茵的时节，她常常弯着身子，或者坐在地上拔除杂草，在午饭前后她有时逗着包弟玩。……我好像做了一场大梦。满园的创伤使我的心仿佛又给放在油锅里熬煎。这样的熬煎是不会有终结的，除非我给自己过去十年的苦难生活作了总结，还清了心灵上的欠债。这绝不是容易的事。那么我今后的日子不会是好过的吧。但是那十年我也活过来了。

　　即使在"说谎成风"的时期，人对自己也不会讲假话，何况在今天，我不怕大家嘲笑，我要说：我怀念包弟，我想向它表示歉意。

狗

巴金

小时候我害怕狗。记得有一回在新年里，我到二伯父家去玩。在他那个花园内，一条大黑狗追赶我，跑过几块花圃。后来我上了洋楼，才躲过这一场灾难，没有让狗嘴咬坏我的腿。

以后见着狗，我总是逃，它也总是追，而且屡屡望着我的影子猖猖狂吠。我愈怕，狗愈凶。

怕狗成了我的一种病。

我渐渐地长大起来。有一天不知道因为什么，我忽然觉得怕狗是很可耻的事情。看见狗我便站住，不再逃避。

我站住，狗也就站住。它望着我狂吠，它张大嘴，它做出要扑过来的样子。但是它并不朝着我前进一步。

它用怒目看我，我便也用怒目看它。它始终保持着我和它中间的距离。

这样地过了一阵子，我便转身走了。狗立刻追上来。

我回过头。狗马上站住了。它望着我恶叫，却不敢朝我扑过来。

"你的本事不过这一点点，"我这样想着，觉得胆子更大了。我用轻蔑的眼光看它，我顿脚，我对它吐出骂语。

它后退两步，这次倒是它露出了害怕的表情。它仍然汪汪地叫，可是叫声却不像先前那样地"恶"了。

我讨厌这种纠缠不清的叫声。我在地上拾起一块石子，就对准狗打过去。

石子打在狗的身上，狗哀叫一声，似乎什么地方痛了。它马上掉转身子夹着尾巴就跑，并不等我的第二块石子落到它的头上。

我望着逃去了的狗影，轻蔑地冷笑两声。

从此狗碰到我的石子就逃。

大黄狗

巴金

早晨园子外面意外地响起一阵狗叫，大概是邻家那条黑白花的狗的叫声，我想起了这里的大黄狗。我好几天没有看见它了。

往常，敌机还不曾飞到这个城市来投炸弹的时候，清早我起身不久就会听见房东家通园子的小门咿呀地一响，一条大黄狗带着快乐的叫声从窄小的过道奔过园子来。它并不挨近园中花草，也不去寻找食物，它的第一个工作便是到掩着的园门口大声叫唤，一面用嘴和脚去推动园门，想把门拨开。然而门是扣上了的，它忙了一阵还是没有办法。有时候它居然把扣子摇脱了，但是房东家的小孩马上走来把扣子扣上，所以它始终打不开那两扇红漆的大门。不过它从门缝也可以嗅到外面的空气，瞥见外面世界的景象。

它每天总要在门口徘徊好些时候，有两三次它还带着求助似的吼声用力抓那木门。但是门始终关着，没有人来给它帮忙。它又望着门狂吠一会儿，然后绝望地转身往园内跑，它经过我的房门，跑到后面园子里去，后面的园子比较大，那里还有房东为他们一家人建筑的防空室。可是它在那个地方只跑了两转，房东家的小孩就走来把它唤了进去。于是小门一闭，园子里又寂然了。

在上月三十日的大轰炸以后，一连几天园子里都没有狗的脚迹，我上午照例在房里读书写字等警报。有时我把疲倦的头从桌上抬起，就想起了大黄狗抓园门的事情，听不到那样的声音，我觉得寂寞。

昨天早晨，我刚刚在书桌前坐下，就听见房东家小门打开的声音。我想大黄狗该出来罢，它果然箭也似的飞奔出来了。

虽然离开了几天，它还是没有忘记它的日课，它进园来第一件事就是抓门。自然这不会有结果。不过这一次它的渴望似乎更大了，它不住地拼命推门，这好像抱了不把门推倒不停止的决心似的。可是它刚刚把扣子摇脱，房东家的小孩就立刻跑来扣上，而且等它刚转身往后园里跑去，那个小孩便将它赶进过道，赶进小门，使它的影子消失在咿呀的闭门声里。

我想到那条得不着自由的狗的失望，心里非常不舒服。我又记起它好几次带着和善的表情望着我叫的事。两个月来它从没有用过凶恶的眼光看我，它或许是把我当作朋友来向我求助也未可知，可惜我不懂它的语言，不能够给它帮忙。我明白自由是一个生物不可缺少的东西，不说人，便是狗也知道爱自由。然而我却不能够帮助一条狗得到自由。

写完以上的话，我又因为空袭警报跑到郊外，今天看到了可怖的轰炸。五点钟回到城里在灾区走了一转，触目尽是断瓦颓垣。一个朋友告诉我，他在一间倒下的房屋前面看见一条狗的尸首，连肚肠都露在外面。

　　晚间我回到园子里迎着我的只有冷冷的月光和蟋蟀的悲鸣。我站在松树下水池旁边想起了那条爱自由的大黄狗，我不知道它是否也会得到这样的结果。我还记得它的面貌，尤其是在它和善地望着我的时候，它就像一位长发、长眉、长须的老人。

群狗

孙了红

从小我就喜欢养狗，在我十二三岁的时候，最多我曾养过四只狗。狗的食量也相当大，一只哈巴狗的食量，至少要超过一个三四岁的孩子。那个时候物价贱，我的家境也很好，所以一养就养上了四只小哈巴。换了现在，拖着一枝害肺病的笔，无论如何，也写不出四只狗的粮食来，所以直到现在，我虽一直还很喜欢狗，为了没有钱，我只能眼看这些摇尾巴的生物，专门去向别人摇尾巴。

那时我所养的四只小哈巴，其中的两只，我已记不清它们的样子。只记得另外两只，一只是黑白色的，一只是黄白的。这黄白色的一只先到我家，家里的人替它取了一个名字叫作来富。我们中国人喜欢吉利，人的大号，常常用荣华富贵，替狗取名字，也离不了这个调子。这一只来富，腿特别矮，走路东一拐西一歪，非常有趣。它像一个女孩子一样，顽皮的时节顽皮得厉害；可是看见了生人，却又十分怕羞，时常悄悄躲在身边，一点声音都没有。另外那只黑白色的，是一个英国人送给我们的，原来有个名字叫作保罗。这是个教名，我不知道它是否信仰上帝。它来的时候，颈子里就缚着一个很漂亮的圈，像是带着领圈，给人一种穿洋装的印象。这只小保罗，有一种挺怪僻的脾气，看见衣服穿得不十分好的人，它倒并不狂吠乱咬，只用一种严肃的眼光，注视那个人，表示它的厌恶。那时我们家里开着一个钟表店，店里常有华贵的小姐们进出，这小东西却专喜欢对她们摇尾巴。那时我家的人常常笑着说：这只洋装小狗的尾巴，倒好像专为那些漂亮小姐而生的。直到如今，我一想起这一只狗，同时也会想起我的朋友某君，我不知道这种联想是如何发生的。

那时我真喜欢这四只狗，差不多是形影不离，到晚上我就让它们同睡在我的小铁床上，人和狗挤在一起。为了这件事，我常常受到父母严厉的呵责，可是我不听话，那四只狗也不听话，大人们把它们从床上驱走，不是我把其中的一只抱上了床，就是它们中有一两只跳了上来；一只跳上来，大队也就跟之而来，结果，依然挤满了一床。大人弄得没法，只能督促佣人多给它们洗澡，洗完澡，还替它们洒上一些香水，索性让它们睡在我的床上。

后来我到民立中学去读书，寄宿在学校里，到星期六才能回家。我每次回家，这四只狗一听到我的声音，简直像四条狼那样从门里射出来来欢迎我，那种疯狂的高兴，使我无法形容。它们简直是从四面八方包围上来向我冲锋。跳得高的蹿过了我的头，有的狂伸着舌头想舐我的脸。它们这样高兴，为的是我一到家，它们又能受到饮食上的优待，至少在晚上又有温软的床铺可睡。人想享受狗也想享受，它们的高兴，原是不为无因的。

以后这四只小狗，死的死了，走失的走失了，记得还有两只，那是由亲友们强讨去的。而从那时候起，我家的景况，也一天不如一天，我们把花园房子卖掉了，店也盘给了别人，我们的房屋越住越小，从此不再有豢养四只狗的环境，而我也从此有很长的时间不再养狗。记得最初第一只狗，我们替它取名"来富"，在它来的时候，我们果然过着富裕的生活，来富一去，我们的富裕的生活也随之而去。怪不得我们中国人，随时随地要讨吉利。

我在十九岁的时候，我们的家，搬到了火车站边的升顺里。有一个傍晚，偶然在弄堂里散步，那时忽有一个小狗，不知道是看错了人还是什么，竟在我的身后跟了过来。我走，它也走，我停，它在我身前身后摇尾打转。我是一个喜欢狗的人，不禁吹吹嘴唇引逗着它，它也格外向我表示亲热。等我回家，它竟一直跟到了我的家门口。那只狗的毛片，很不讨人欢喜，淡黄的颜色之中带点灰色，粗看像在泥堆里面打过一个滚，其实是天生的这样的毛片。它的面貌尤其难看：嘴巴尖得讨厌，完全像是一只草狗。可是说它是草狗，它的腿却很短，耳朵也垂着，又像是哈巴狗的种。总之，这是一只太难看的变种狗。我因为它的长相不讨人欢喜，觉得把它带回了家，家里人一定不欢迎，第一个我母亲先要说话。而且，我看这只小狗，一条极尖的尾巴，被剪成了竹节的样子，可见一定有人家养着的。

我自己养的狗，怕被人家偷走，人家养的狗，我也不愿意无端把它拐带回来。所以我在进门的时候，用脚尖轻轻抵着它，嘴里也做着驱逐的声音，不让它跟进门口。哪知我虽尽力把它驱走，它却尽力把它的身子，从我的脚边硬挤过来，好容易把它驱出去，关上了门，它却只在门外猰猰地低吠，表示非进来不可，我听着觉得不忍，终于又开门把它放了进来。

果然，我把这只难看的小狗收留下来之后，家里的人都纷纷向我说话，他们讥笑我说：唯有你这难看的人，才会要这难看的狗。我母亲说我弄不出好事情来，不知从哪一处垃圾堆里，捡到这样的一只小狗。可是他们说它难看，我也嫌它讨厌，但这只小狗，却有一处特异的地方，以前我曾养过好几只狗，我也抚弄过许多别人养的狗，我可从来没有一次看到过一只狗的毛片有这样的柔软。这小狗的身上，简直像是穿着绒大衣，又像裹着一重天鹅绒，摸到手上，有一种说不出的温暖的感觉。除此以外，这小狗还特别善解人意，它知道我们家的人全都不欢迎它，每逢走过别人的身前时，它老是抬起可怜的眼色，向人家的脸上看着。它的态度又斯文，又小心，直等走到了我的身前，方始像一个顽皮孩子躲过了老师的眼，样子顿时变得活泼，脚步也开始放纵起来。有时它在我的身前乱纵乱跳，我常常故意用呵斥顽皮小孩的声气，呵斥它说：你这样讨厌，他们马上要把你赶走，让你没有饭吃了，还不赶快到椅子底下去躲着！说的时候，我用脚尖指指椅下，它就依着我的指示，乖乖地躲到椅子底下悄然躲起来，在椅下躲得太久的时候，它会伸出头来，呜呜地叫一声，意思好像说：我可以出来了吗？只要我重重地向它哼一声，它就来不及地再把它的尖嘴缩回到椅子下。记得那时是冷天，我常常脱掉了鞋，把脚轻轻踏在它的身上，只觉得它的又肥又软的身子，暖烘烘的，像是一个热水袋。——这一只狗，我们从它的颜色上给了它一个姓，就叫它是阿黄。

那时候，这一只可怜的小狗我总算在竭力推荐之下，在我家豢养了两三个月。可是终于因我家的屋子太小，母亲又不欢喜养狗，有一次，家里人乘我不在，他们用了一个蒲包，把它装了起来，从火车上把它带到了吴淞，而将它放走。却哄骗我说，是它自己走失的。那时我虽已非常喜欢这只狗，但因它是自己走失的，也就感到无可奈何。不料这一只可怜的生物，只被放走了一夜，到第二天就找回了家。它回来的时候，我当然十分喜悦，而它的那种疯狂的高兴，也使我无法形容，它大声地叫，像告诉我，它几乎不能和我再见。它又呜呜小吠，仿佛向我诉说：它是受到了说不出的欺侮。可怜！这小生物也有着像人类一样的悲欢的情感，只是无法说出它的情感罢了。后来我方知道它是被放到了吴淞，从那条迢迢的长途上孤零零地摸索回来的。一只小狗，能从三十六里路之外找回它的家，这不能不说是一个奇迹。从此我便格外爱怜着它。

又有一次，那时我家已迁移到了吴淞，和外祖父同居。这一次我的家人把这小狗，从舢板上带过了三里路阔的吴淞江，就把它抛弃在江东的岸滩上，他们依旧抄袭旧文，说是阿黄又走失了。

可是我因上一次的事，再也不受他们的欺骗。于是我为了这只小狗，和家里人吵了一次空前未有的大架。我乱叫乱跳，乱摔着东西，我要他们赔偿我这只心爱的小狗，我想这小东西被抛弃在外，从此无家可归，也许就会饿死，甚至被人杀掉吃掉。人，多数是残忍的，什么事情做不出来？想到这里，我格外难受，也就格外吵得厉害。至此，我家里的人方始后悔，不该放走这狗引起这一场不可收拾的是非。正在闹得一天星斗的时候，不料，那只狗在上午放走的，到下午，竟又水淋淋地乱蹦了回来，那时的情形，我想任何人看到了也要受到感动：它不顾三七二十一，就把湿作一团的身子，一跳就跳到我的身上，又吐出舌头，乱舐着我的脸。总之，我简直无法说明它的高兴。这样三番两次的跳跃，它身上的水渍，一半已分润到我的身上，人与狗都湿成一片。家里人是看着又好气，又好笑，可是他们也不再阻止这可怜的生物，在我身上跳上跳下。

后来我方打听出，这只狗是怎样渡过了这三里阔的吴淞江面而找回家来的。原来，它在江东岸上，泅过了一段浅滩，跳上了一只小舢板，在舢板的一角里，水淋淋般觳觫做一堆，不时还可怜地看着那些舢板上的人，像恳求他们不要把它驱走。那个摇舢板的人，根本不知道这只狗是哪里来的，也许，他误认为这是舢板中的乘客带来的，因此没有把它赶走。等到舢板船要靠岸，它又一跃下去，再从水里泅到岸上，一跃上岸而逃回了家里。原来我外祖父家吃的是水面上的饭，和舢板上的人都认识，这情形是他们亲口告诉我的。

我在听到这个情形的时候，忍不住又把这可怜的小狗抱在怀里，吻着它的难看的尖嘴。我记起在我们同类之中，好像还没有遇见过这样热情的一个，我的心里有点难受，我的热泪几乎滴到这小东西的温软的毛片上！

黑龙龙

林锡嘉

我们总是说，不可以貌取人，但是在我们的生活中，却时时都在以貌取人。喜欢漂亮，厌恶丑陋。

我们家养的小狗黑龙龙，就差点在我以貌取狗的心理下被送走。

黑龙龙原先抱来的时候，只是一个月大的小狗，它有一身黑亮的卷毛。朋友说，它是一种叫贵宾狗的小狗。孩子们非常喜欢它，每天上学前抱抱它；放学回到家，书包还没来得及放好，第一件事就是逗逗它玩。

黑龙龙于是成为孩子们生活的中心。而我的心里也觉得舒坦多了，当初养狗的目的似乎已经达到。

抱养黑龙龙，是因为家中四个小女孩从小怕狗，每一次看到狗，不管大小，孩子们总是惊怕地躲避，有些狗看来并无凶意，但孩子们仍然惧怕地躲避着。为了消除孩子们对狗的恐惧心理，我于是找妻商量。

"我们来养只狗吧，让孩子多和狗接触，训练训练胆子。"我对妻说。

现在看，孩子和黑龙龙相处得这么愉快，没有一点恐惧感，有时还伸出小手给它咬着玩，孩子与小狗玩成一团，笑声不绝。

"龙龙，坐下。"读国小一年级的老幺对狗下命令。小狗根本不理会，一跳就绕到老幺身后咬住她的裙子。看着黑龙龙一身又亮又长的卷毛，活泼可爱的跳跃，没多久我和妻也忍不住参加了孩子们的行列，常和龙龙戏耍。

黑龙龙在孩子们过分的照顾下，长得又快又壮。

一个夏日的午后，我们给黑龙龙洗澡，竟发现它那身黑亮的卷毛开始在变色，灰褐色从头部慢慢往身体部分蔓延下去，像寒冬山野那片干枯的林树，灰褐一片，令人有萧瑟之感。连邻居们都戏称它是世界上最丑的狗。也从此，我就很少再有兴致去参加孩子们戏耍的行列了。见它一身邋遢，似乎连它的叫吠声也变得难听了。只有孩子们仍然喜欢它，每天依旧和龙龙玩得很高兴。她们并不因为黑龙龙的卷毛已不再黑亮而讨厌它；有时看到它弄脏的卷毛，卷结成一片片硬块，她们还很有耐心地替它梳理。

去年冬天，龙龙忽然病了，两眼呆痴无神，整天趴在笼子里，不吃也不动，嘴角吐出黄黄的黏液。孩子们抚摸它时，尾巴只微微颤动一下，眼睛无神地空望着。

　　"我看龙龙病得不轻，把它送走算了，送得远远的。"自从龙龙那身黑亮的卷毛变成灰褐色以后，显得又脏又乱，我心里已存有这种念头，于是我把心里的话告诉妻。没想到妻却是第一个反对的。

　　"这么冷的天气，它又生病，这样给它送走，一定会给冷死的。"妻说。

　　次日，见孩子们跟着妻，把龙龙装在笼子里，用脚踏车载着往街上走去。老么还不停地抚摸着龙龙的头说："龙龙，带你去给医生看，你的病要赶快好起来噢，不然爸爸说要把你送到很远很远的地方去。龙龙乖，你很快就会好起来的。"妻拉着脚踏车，孩子紧跟在车旁，忧伤的脸，眼睛不停地看着趴在笼子里一动也不动的龙龙。

　　三天，孩子们在焦虑中度过，而龙龙也在孩子们细心照顾下痊愈了。见孩子们欣喜的样子，心中要送走龙龙的念头已开始有了些转变。看孩子们给它洗过澡之后，那灰褐的卷毛好像也柔亮了许多。

　　邻居太太告诉妻说，狗有一种天生的本领，生病的时候，它会自己跑到山上野外寻找草药吃。现在龙龙病刚好，妻希望它能早日恢复健壮，于是每天黄昏时候，都解开链条，让它自由跑跑，也希望它真的会跑到屋后山上觅食草药。

　　冷冬细雨的黄昏，当妻解开龙龙颈上的链条时，它一溜烟地就往山上跑去。等大家准备吃饭的时候，却发现龙龙还没有回来。孩子们焦急万分，饭也没吃，就拉着我和妻四处寻找。老么最难过了。她哭丧着脸站在山下对着山上喊："龙龙——龙龙——"夜晚的山林，深黑一片，它好像一张巨大的怪兽的口吞噬了龙龙。在寂寞的夜暗里，听不到一点龙龙的叫声，只听见孩子们不停地喊着："龙龙——龙龙——"声声深入山中去，没有一点回响。

第二天清晨天刚亮，孩子们却催赶着去找龙龙。

"龙龙——龙龙——"清晨青翠的山林荡漾着阵阵龙龙的喊叫声。忽然我们隐约听到一声微弱的呻吟声自山上传来，孩子们的脸上立刻显露出一丝焦急的笑意。

"龙龙——龙——"妻和孩子兴奋地猛向山上喊叫，山上真的又传来几声微弱的狗叫声。

"爸爸，龙龙在山上。"老么的耳朵灵，一下子就听出来是龙龙的声音。

捡根粗树枝，劈劈打打地上山去，孩子们还一边不停地喊着龙龙。

果然，我们在一处树根蔓藤盘错如网的山腰处找到了龙龙，它的四只脚被蔓藤缠住，动弹不得。看到我们的到来，它用力地摇晃着尾巴，两眼直瞪我们看，是一分高兴，也有一分请求。

急忙地为龙龙解开脚上的蔓藤时，它回过头，用那微湿的舌头舔舔我的手。此刻，它好像要用这真挚的动作表示它的感激，任何人都无法拒绝小动物这种动人的示爱方式。望着高兴的孩子们那么爱怜地抱着龙龙下山，我似乎从她们背后看见一双动人的小手可爱地挥动着，我和妻于是跟了上去。

狗的风波

了平

我从盥漱间里出来。巧碰着妻拿了两瓶羊奶往餐室里走。

"早!"妻含笑的向我招呼，放下了奶瓶儿，两手随即在围裙上擦了擦；然后走近我，替我把领带结上。我也替她把围裙解掉，在她颊上轻吻了一下：一人拿了瓶羊奶，走向餐室里去，我坐在妻的对面看报，接过妻为我涂好了牛油果酱的面包。一面吃着，一面向她报告着当日的新闻，随后她便打电话给菜铺，要些晚餐用的食料。

妻整理餐具的时候，我便赶紧下楼去，从汽车间里把车子开到马路上。这时她挟了两只公事包，拿了我的帽儿，把门锁上之后，便跨进车厢，紧挨在我的身边坐下，替我把帽儿戴上。我们的车子是她父亲送的，一辆轿车，除了有客人时，后面的座儿总是空着。

她的公事房比我远，在维多利亚路。我总是先将她送到了，再折回伦敦道上来。下午，我比她下公事房早一刻钟，所以每日我都是先把车子驶到维多利亚路巴黎道口去候她。

回到家，妻赶紧换上家常服饰。结上围裙，到厨房里去先开了电气，把灶热了，我便到楼下，我们这座大楼Apartment的暗室里去拿菜铺里送来的一包食料。在电梯里，我有时发现一大块生牛肉，便会比闲常更要高兴：妻做的牛排实在是别有风味。看上去作料似乎用得少些，吃到嘴里，方才知道却巧汁透了肉的内部：一片牛排拌上那么多蔬菜，似乎用不着，可是吃到后来，不知怎的，那些洋葱，豆荚丝，白薯，西红柿之类又并不见得多。说那牛排太老了些吧？嚼上几嚼它便碎透了。那么太嫩了些？说这话未免昧了良心，妻在做牛排时的一番用心算得是白费劲了。

"上来呀！"夏天的晚饭后，妻在凉台上喊我去乘风凉。我便挽了一喷壶水上去，浇了花，在妻的下首一张帆布摇椅上坐了，听她弹月琴。那么和柔，那么清幽！谁都会沉醉了的。在朦胧中我被妻跌了一脚。她教我弹，让她唱。每次都觉得抱歉；不是她，是我觉得抱歉！因为她每唱三两句便不能唱，并不是她不会往下唱，实在是那琴儿越弹越不成调了。我们放下了月琴，一面赏识那夜色，一面谈天。回想那过去；预测那未来的。有时笑翻在椅子上；有时饱含了泪水，看那每个灯光，四射出无数的光芒。直到凉透了。我们一起钻进了卧室。虽系那么暖的天，妻睡到半夜里，照样地会爬起来，躺到我床上来；把那凉清清、湿润润的身子偎倚着人，又睡去了，直到天亮才醒。

每个星期三的下午，我们二人都有半天的休息。这个半天在这夏天里，我们总是划了小船去青龙潭游泳。妻的游泳不行，有时连游到池子的对岸都是勉强。游泳完了，我们便去看一场电影，妻顶腻味电影里是动物飞禽一类的东西。散场后我们去餐馆吃了饭，有时去跳舞；有时买些零星东西便回来。

星期六的晚饭后，我们整饰房间。我擦玻璃，打地毯；妻拭地板，抹桌椅，理抽屉。然后大家一起来重新布置。要是第二天没有应酬，在忙完了之后，便赶紧收拾收拾到北平去玩，直到星期一的清早，才赶回天津。

这年双十节是星期六，因此我们星期五晚上便上北平去。双十节的晚上，参加掬波夫人家的夜宴。这位夫人是妻的好同学，我们那次去便宿在她家。这位夫人顶喜欢狗，她家里竟然养着七八只之多。妻最怕狗。在掬波夫人家，起初是不敢离开我一步。后来见掬波一天到晚地跟狗逗了玩，她也壮着胆去摸摸狗头，并没有什么可怕的，便放大了胆去逗狗。越逗越发生兴趣，到临走，便跟掬波家讨了只狗叫磊烈的带到天津。

磊烈这畜生来了之后，可真不对我的劲儿。每天我的一瓶羊奶，是妻请它代我喝了。这也还罢了，我本嫌那奶味儿太膻，不喝倒算不了什么。这畜生到我们宅里的第二天早上吧，我拿了条领带去找妻替我结，才寻到餐室门外，看见妻拿了我的根领花，正在替磊烈结，这岂不是侮辱我？从此以后我便自己结，结得歪些个，任它去！未婚前难不成没有用过领带？每每想起来真觉得呕人，本待发作，一来它是妻所宠爱的，二来它是畜生，跟它计较，岂不显得自己不通人性？因此上一而再再而三地按住了性子。

是我有些不高兴了：一天早上我坐着看报，磊烈蹲在我后面的沙发上，妻递过一片涂得厚厚的面包，我伸手去接，她却往我身后一掷，磊烈一仰头接住了，衔在嘴里。妻望着它笑，我紧皱了双眉，她并不理会。我再也不为妻报告新闻了，因为我报告的时候，磊烈这畜生便汪汪地穷吠，妻在一旁还手舞足蹈地笑着说："它也在报告新闻哩！"我是知道妻的，她为了喜欢这畜生，便忘了这类话是会令人生气的。

我固讨厌磊烈，大约这畜生也未见得乐意我。妻叫一声"磊烈！——"它便直穿到她的身旁，不管在哪儿。我有时候"磊烈，磊烈"地唤上好几声，这受宠忘行的畜生，虽站在左近，却强作没有听见，大模大样地望着别处一理也不理。可是我呢，也实在不敢把它怎么样，为的它也许咬我一口。本想跟妻说，把这畜生送还原主。一看那情形，还是不说为妙。"不吃饭可以，不做事可以，却离不得我那亲爱的！"这是妻的话。她那亲爱的如今不是我了，而是磊烈！不是人，而是畜生了。

我们的生活，渐渐地被磊烈破坏了常态。每天早上，我的帽子是从狗头上退了下来，再自己戴上。妻驾着车，畜生紧紧地偎着她，舌头伸得老长，简直是想舐妻的嘴巴。我一个人孤零零地，不尴不尬地坐在后面。好似道旁来来去去的人们，都在耻笑我没有勇气，竟然忍受畜生的气。妻把我送到公事房，她拨动机件，笑着对畜生说："好，只剩我们俩了。"在狗额吻了一下，令人见了，要作恶心呢。

　　下公事房后，在等妻来接着的这十五分钟里最是难挨。办公室的门是锁了，阅报室吸烟室不敢去，生怕碰到一两位同事，攀谈到家里的事。只得在长廊上踱来踱去，却也饱受了阍人的惊奇眼光。一听见喇叭响，便赶紧走了出来，有时会发现磊烈躺在妻的怀里，见我来并不回避。

　　及至回到家，妻的衣服也不换，便领了磊烈凉台上去。总是我耐着性儿，到厨房里插上电门，把食料拿进来洗涤舒齐了，等她下来做一做。这日，我很高兴的正洗着一老大块红腥腥的，嫩的牛肉。

　　"爬上来呀！"妻在凉台喊。我以为她又在跟我逗笑，便湿着手跑上了凉台。一眼看见她俩紧偎偎地伏在石栏上，妻的臂放在大胆的畜生的身上，手还抓住它的腿。着实教我心酸肉麻。我恼了。妻听见脚步声，别转身来向我笑了，这么一来我又得忍住怒，走过去伏在妻的一边问道：

　　"今儿我们又吃牛排？"

　　"哦！你说那块牛肉么？"妻指着磊烈道："这是它吃的。"当时我恨不得跟那畜生，当着妻的面，决斗一下。

　　这畜生也算是俐敏的了，妻教它干什么，它便干什么。

　　"磊烈，到餐室里把那本绿面的书拿来。"妻躺在床上说，这畜生真的衔了来。

　　说来惭愧得厉害，我们家里现在龌龊得简直见不得人，满地的狗爪印，一屋子的狗腥臭，四处积了层薄灰，玻璃上附着了土都成了淡黄色。布置更谈不上了，就拿卧室里的几张壁画来说吧，从国庆那时候到今日，已经快一个月了，还没有更换过。试问，太太爱上了狗，什么事情都懒得做，两个人的生活，如今倚仗着我一个，怎行？

一个星期四的五点钟光景，我们都在大楼的广场上。妻忽然地在我面前道："你能在这地上跪下不能？"大概我那时的脸色很不好看，妻只望了我一眼，便把目光转到磊烈身上去。我们两人都不则声。

"磊烈——"妻喊着，畜生便直奔过来，妻又吩咐道："跪下！"这畜生真贱，果然伸齐了两条前腿，把头搁在上面似跪了一样，妻大笑了，那笑声里竟然像充满了无数锐利的箭。妻自言自语地说：

"人还不如畜生呢！"谁再能忍受下去，未免也太没有血气了，我当即掉转身来，回到屋里，本想立刻离开这地方，可是坐定了一想，又生怕一时太鲁莽了，日后要自悔，便又压住了心火，哪知道妻却满不当一回事。一二日来，丝毫不理会我心头的怨气。

星期六的早上，她理只手提包，说是下午去北平。下了公事房我等了足有半个钟头，不见自家的车子驶来。我便雇了街车，到家里见妻的手提包不在屋里了；便赶紧放下了公事包，问明了阍者，知道妻刚走了一会儿，我随即赶到东车站，妻正在买了两张车票，我招呼了她一声，预备上了车，再怪她刚才不等候我的事。

"委实地我忘怀了你！"妻一面说着，一面牵着磊烈进月台去了。我也不作声，慢慢地在她后面跟着。猛然间，被检票的拦住。问明白了缘故，才知妻手里有张是狗票，妻好像没有听见检票员和我的谈话，径领了磊烈踏上车厢去了。

当时我知道再也没有什么可谅解，可让步的。我找到了一个律师事务所请他们办理离婚手续。律师教我二三日内，静候法庭的传讯。这消息布遍了第二天的平津新闻纸。

我一直没有回到我们原住的地方去。到星期一的清早，才想起公事包还放在那里，便想在妻没有回来之先取了出来。不料走去时，我们的门已经开了。妻坐在写字间的长沙发上，磊烈大概放到凉台上去了。她手里玩弄着一只老大的官式信封，我低着头进去。

"早！"她招呼我，我给她碰了个大钉子，拿了写字台上的公事包，便往外走。才到这间的门口，听见她又道："你真的要跟我离婚？"

我说："你替我想想两个月来我的生活，……"我仍站在门口，妻不开口。我又追问了一声："磊烈呢？"

"我已经先跟它离婚了！"妻说着，我望了她一眼，却巧碰着她望我的目光。我们都笑了。妻又道："把它送还给掬波夫人了！"

大家脸上含着笑，一声也不响。妻终于放下了那信封道：

"你看，你的领带歪成什么样儿了！过来，容我替你重行结一下！"

失落的爱宠

琦君

　　退休后，第一件心愿，是饲养一只可爱的狗，一只真正属于我
自己的狗。我说真正属于我自己的狗是有原因的。以前，我并不是
没有与狗为伴的忘忧岁月，只是日子很短暂，而且一只是房东的狗，
一只是朋友寄养的狗。房东的狗，与我相依相守了将近一年，却在
一个寒冷的冬夜，送我到车站，被她主人疏忽地关在门外，就此成
了香肉店的盆中羹。我伤心地为她写了一篇《失犬记》，不能忘情
好长一段时间。在巷子里，看到凄凄惶惶的丧家之犬，恨不能牵回
家来养。读到旁人文章写爱犬的伶俐解人，就油然兴羡。写失犬的
悲伤，就泫然泪下。有一次读到一位决心当修女的年轻朋友的文
章，写她出家前对爱犬的难以割舍，而终不得不割舍。她最后一次
雨中归来，看见小狗在暗暗湿湿的墙角等她，她哭了。我也忍不住
掩卷而泣。我不只为失去主人的小狗哭，也是为人生的许多冲突矛

盾，无法调和而哭。自房东的小狗遗失以后，不久，我又有了一只狗，是一位即将远行的朋友，因太太不爱狗，就送来托我代养，是一只名种腊肠狗。它一进门，就大模大样地上了沙发又上床，毫不怕陌生地对每个人摇尾巴。金黄色的长毛发着亮光。我固然喜出望外，可是有洁癖的外子就不由得皱眉头。经我百般求情才收留下来。他处理一切纯由理智。他说："不要浪费太多的精力时间与感情。这一年，该你忙的事多得很。"他就不懂该不该忙与愿不愿忙是完全不一样的。我愿为小狗支付更多的精力时间，是因为我从它所获得的安慰快乐，往往是至亲的家人所不能了解的。它默默无言，寸步不离地守着我，我因充分被信赖而满心欢喜。刻骨的寂寞感因它活泼可爱的憨态而消除。这是不爱动物的人所不能体会的。为了家庭的和睦，我不得不狠起心肠任由他送回旧主人。手边所有的，只是一张与狗合摄的照片，慰情聊胜于无。

从那以后，由于工作的繁忙，与公寓房子的不宜养狗，我只好断了养狗的念头。可是梦寐之中，总有一只活泼的爱犬，在眼前蹦跳，我名之为"心中爱犬"。默祝着总有一天，我们会相逢。那机缘一定在我退休之后。去年好不容易志愿退休了，生活比较悠闲，望犬之心更切。在偶然的机会中，知道文友慕沙也是个最爱狗的人，她总要为她每一只小狗找到最合适的主人。于是特地为我送来一只又白又胖的小狗，取名"雪儿"。它的来临，顿时使全家忙乱起来。尤其是我，生怕它夜里吠叫吵醒家人与邻居，又怕它随地大小便引起外子的反感。果然三天以后，他说话了："送回去吧，公寓房子哪能养狗呢？"我低声下气地要求再试三天。三天以后，他的态度更坚决了："不行，我的敏感鼻子受不了。"因为雪儿尽管聪明可爱，却是大小便习惯总训练不好。深更半夜，我牵它顶着冷风出大门去，它却优哉游哉地东闻西闻，就是不便，一回来就便。狗不通言语，也不懂察言观色。你愈着急，它愈随地大小便。到了第七天，不得不把雪儿送回慕沙。它一回到娘家，狗妈妈，狗兄弟，狗舅舅，全奔出来欢迎。慕沙的家在郊区，自成村落。雪儿回到大自然环境中，与亲切的大家庭重聚，顿时活泼起来。我深深为它在我家一周所受的拘束与责骂而歉疚，也为它得以重享天伦之乐而庆幸。想想人生遇合，自有定数，与狗也未始不然，我只好以此自嘲自解。归途中，细雨霏霏，慕沙送我到巷口，雪儿偎依在母亲怀中，并不曾跑来相送。我回头远远望去，暮色苍茫中，没有看见雪儿的影子，心头怅恨无限。那以后，总是不时想起雪儿，写信问它近况。她说雪儿长大了，却变得细细长长的，不再是白胖的雪球了。等它长得更可爱些再拍了照送我。但照片一直没寄来。几个月后见到慕沙，她第一句话就告诉我雪儿突然死了，无缘无故地死了。我发了半天呆，雪儿与我虽只短短一星期的缘分，可是它总是非常依赖我，爱我的。送回旧主人以后，如果顺利地长大了，我倒会把它忘记，如今它天折了，我反而时常想起它，而且内心更多一分歉意。

我既与狗无缘，还是回头来再养猫吧。我曾养过几只猫，一只又一只不幸的终局，原已寒了心。可是漫漫长日，总得有个小生命陪伴，使我感觉到自己的存在。两月前，在一间狗店门前，发现了一只纯白的小猫，圆圆的头，大大的眼睛，粉红的鼻子小嘴巴，尾巴像一颗螺蛳，卷卷地贴在屁股上。一见就不由我不爱，花了四十元把它买回来，放在孩子枕头边。外子也笑嘻嘻地说："这小东西倒不讨厌。"表示他首肯了。我让孩子老远地运些沙土回来，由我每天给它换便盘。只两天，它就养成了在一定地方大小便的好习惯。浑身雪白的毛里，没有一只跳蚤。它寸步不离地跟着我，我坐下来写东西，它就趴在书桌上，小爪不时打我的笔尖，或是爬在怀里享福地睡上一大觉。听到钥匙开门声，它就一个箭步奔去欢迎，抱住你的腿不放。它像一只小狗那么乖巧伶俐，连外子都忍不住抱起它来，对它说："你这个小东西，好捣蛋。"博得他的欢心是多么不容易啊！我暗自庆幸，总算找到我的心中爱宠了。以后，我有了一个真正心灵相沟通的朋友。它虽默无一言，从它脉脉的眼神中，相信它是懂得我的心意的。

我们的至圣先师孔子是位热爱人类的入世主义者，他不愿退隐山林，与麋鹿为伍。所以发出"鸟兽不足与同群"的感慨。其实动物的单纯，无利害观念的全心信赖，有时更足以安慰一颗落寞的心。

我在如此欣慰满足的心情下，爱抚着我的小白猫，给它取名小雪球。对自己说，可得好好保护它，别让它跑出大门，我自私地让它的天地只局限于我的屋子，不让它除我们一家之外，有更多的朋友，我们之间就更可推心置腹了。

自私的念头才萌芽，上天就给了我大大的惩罚。小雪球忽然不见了。是一个晚上，许多朋友来闲谈的时候，不知怎样它在开门时溜出去的。它要看看外面广阔的天地，就此一去不返。等我发现时，已无影无踪了。这么胖圆团团雪白的小玩意儿，谁个见了不爱，一定是被行人抱走了。它长得那么漂亮，抱走它的人自会爱它的。怅惘的是我，几夜不能安枕，似乎时刻听到它咪咪的叫声，却又形迹杳然。每天早上，它不会再到我床前咪咪地叫我给它吃早餐与牛奶，屋子里又回复到以前的冷清。我多少次守望在阳台上，希望它会忽然跳上我的肩膀，可是奇迹不会出现，丢了就是丢了。怎么能想到，它与我只有短短一个半月的缘分呢？怎么能相信，多少年来梦寐以求的忠实伴侣，好容易来到你身边。却会在一刹那之间就无影无踪了呢？我痴痴呆呆地坐着，回想十多年来，为小动物所付出的心血，它们给我的安慰多，给我的怅恨更多。小雪球的突然失踪，使我再没有勇气饲养小动物了。孩子云淡风轻地说："有什么关系，再买一只好了。"他怎能懂得那一份感情不是几十元台币可以买得回的。外子说："丢掉了也好，养小动物迟早总是不快的收场。早点丢了，也免得你支付得更多，心里更难受。"他是为我好，可是他是永远体会不到我的心情的。我默默地不说一句话，有什么可嘀咕的呢？自己寻求来的快乐，自己失落了的慰藉，一切都得由自己承当。

　　好多次，我徘徊在那家狗店，看看是否再有一只打动我心款的小雪球。许多小猫都很可爱，但我不想再买。因为小雪球给我的印象太深太深。我读过思果先生一篇写狗的文章，他在篇首引了诗人雪莱的话："这个生命的讨厌的事情是，不管什么东西，一熟悉了，就永远没法不熟悉。"真的，这是真正无可奈何的事。小雪球，加上

狗趣

以前许许多多我宠爱过的狗与猫，它们都是与我心灵熟悉的莫逆之交，叫我怎样忘怀它们。

昨天，我又怅怅然地去了狗店。看一阵，又怅怅然地回来。我是不是又想找第二只小雪球来垫补心灵的空缺呢？

狗

李志涛

　　小的时候常听人说，狗是忠臣，猫是奸臣，不知道这话起自何时，由何而起，基于养过狗也养过猫的经历，我觉得说狗是忠臣，在于狗表现出来的对人的亲近和依赖，而猫有时看上去神清游离，对人有些疏离。我一直认为狗聪明，具有灵性，我不知道别人家养的狗是什么样子，但我年少时家里养的那只狗，既聪明又很有灵性，想起它来，心里难免温情荡漾，也难免有些伤感。

　　它刚生下来不久，就被母亲抱到家里来养，黄绒绒的毛，胖嘟嘟的脸，一副憨态可掬的样子，饿了的时候，喊饿的声音轻软，吃饱的时候，四条小短腿支撑不住圆滚的肚子，时不时要亲近下地面。

　　这条小狗天生知道谁更喜欢它，分辨得出谁愿意和它玩，等它长大了，就更知道更分辨得出来。那时我游学在外，每次周末回家，见到它时，它总会疯狂摇尾巴，兴奋扑到我身上，在我走前的这一两天，它会一直跟着我，不会轻易让我离开它的视线。如果我躺在东北土炕上休息，屋子里没有旁人，它就会跳到炕上，偎在身边，如果有旁人在，它会安静地趴在地上，如果有人进来听到呵斥声，它会迅速爬起来，跳到炕下。如果我走出家门，它会跑到前面，觉得离我有些远时，就回头看看，或是停下来等等，或是转身跑回来。我觉得动物的依赖和亲近，会引发你心底的柔情，即使多少年过去了，这被引发的柔情还没有飘散。

那时我是在一个离家几十公里的小城读书的，按惯例每周回家一次，周五下午坐车回家，傍晚时到家，周日下午，带上够吃一周的干粮，再回那个小城，因此，和它在一起的时间并不算多。母亲说它很奇怪，如果陌生人到家里，它会不停吠叫，如果家里来亲戚，即使它从没见过的，它也不叫，躲在一边摇尾巴，我不清楚它是怎么分清里外的，只好认为它有与生俱来的灵性，能让它分清楚哪些人是自家人，哪些人不是。

一个冬天的周末，我坐客车回家，刚下车，它就扑上来，刚开始，我以为它是偶然路过，正好发现我下车，但以后一年多，它都在周末我下车回家的地方等我，看到我下车，使劲摇尾巴，扑到我身上，亲热完，跑在前面，带着我走到家门口。我不知道它是每天都要在傍晚等我，还是只在周末我回家的那个时间等，下车的地方离家还有半里多的路，它是怎么知道车什么时候到，固定停在哪儿的，但在这一年多的时间里，它一直在那个时间那个地点等我归来。

后来因为它咬人，被母亲送给了另一个人家，怕我难受，母亲对我说是它自己走丢了，或者被人偷了。我很难形容刚听到这消息时的感受，多少年后，听人说要养狗，我总会说，一旦养了，就没法放手了。

隔了半年，又一个周末回家，刚下车，一条狗就冲了上来，两只前爪搭在我胸上，整个身体都在幅度很大摇摆，是它，回到家里，母亲这才告诉我实情，因为它咬了人，母亲就用布蒙了它眼睛，送给了另一家人家，这家人离的并不远，有两三公里的样子，我猜是它在想闲逛，发现了以前等我的地方，然后才又在周末跑在那等的。随后的一年多，它并非每周都会来接我，母亲说那家人家对它也很好，它可能要兼顾两家人，所以有时不能来。后来连着一两个月没见到，问母亲，母亲告诉我它生病死了。

它在很小的时候来到我家里，在我家长大，它聪明有灵性，它把温情带来，也把伤感带来，它让我在多年后想起它来，依然心绪难平。

请再陪我10分钟

佚名

银泉康复中心，这座位于密尔沃基东北部的别致建筑，几乎成了我和博每周都必去的所在。那里住着的老人，每周一下午两点都会准时看到我们。我们要为那些老人进行一小时的宠物治疗。

每当我们穿过走廊的时候，每个遇到我们的人都会热情地招呼我们；当我们走到走廊尽头，到达接待室的时候，在那里休养的人都会过来爱抚博。我的博，一只德国短毛猎犬，活泼可爱。

博已经十岁了，惹人爱怜。他身体健康，体重刚好99磅。看到阳光活泼的他，你或许很难想象他第一次出现在我面前时那副伤痕累累的样子。那是在八年前，他来到我家门阶上，只要有人过来，他就吓得仰躺在地，四脚朝天，抬起腿来就撒尿。很明显，他缺乏安全感。你只有轻柔地抚摸他，他才能镇静下来。

我们第一次来康复中心，曾经在112号房间前走过。你若是路经

那条淡黄色的1号走廊，就会走过112号房间。那个房间里，不断传出一位老人的声音。他听上去很激动，声音带着浓重的德国腔。他在大喊：

"来了，玛！看，玛！一只德国狗来了这里！玛，德国狗！有一只，在这儿！"

紧接着，房门打开，门口走出了一位满脸皱纹、白发苍苍的瘦削老人，他身高足有六英尺，双臂看上去依然结实有力。他热情地伸手延客："你们可以叫我理查，她是埃玛，我的妻子。快请进！"

博激动地来回晃着身体，他见到友好热情的人，总会有这样的反应。显然，他已经感受到了理查的善意。博想要得到理查的爱抚，他正往理查的大腿上贴，这让理查很兴奋，非常愉快地满足了博的心愿。

埃玛静静地坐在床上，一进门我便看到了她，她有着一头漂亮的紫罗兰色的头发。虽然年已耄耋，但精神还是相当矍铄。她的脸上挂着柔和的微笑，枯瘦的手掌轻轻拍打着床沿。她只拍了一下，博就挣脱开来，摇着尾巴蹿到了床上。他躺在埃玛身边，舔着她的脸。

理查给我们讲，他和妻子埃玛是在"二战"期间移民到英国的德国人，在那个战火纷飞的年代，他们离开德国，而将马克斯留在了那里。问他马克斯是谁，他说是一只纯种的德国短毛猎犬。提到马克斯的时候，埃玛的眼里有泪花在闪烁了。理查也感慨不已，他说博和马克斯长得太像了，简直就是一模一样。

　　住在隔壁114的，是一位叫凯瑟琳的老妇人，今年已经七十多岁了。凯瑟琳很沉默，几个月前就不与别人说话了。最近的一个月，她都坐在轮椅上，始终处于紧张性精神分裂状态。诸如谈心、关心、陪伴、拥抱这样的举动，对她都毫无用处，她安静地坐在轮椅上，一天天过着自己的日子。

　　114房间的光线有些昏暗，虽然床边有一盏小灯在闪烁。遮阳窗帘拉得很严实，阳光透不进来。我和博从外面进来的时候，她还是坐在轮椅上，背对着我们。她低头垂肩，窗户正对着她的脸，前面是看不到任何风景的窗子。

　　先进去的是博，他用脖颈上的皮带拽着我往前走。这时他已经站在凯瑟琳的左侧，并亲昵地蹭着她的膝盖。我向凯瑟琳问好，拉过来一把椅子坐下。我试图与这位沉默的老人交谈，可她根本就不搭理我。

　　我们彼此沉默了足有十五分钟，这期间，我和博虽然就在她的身旁，她却熟视无睹，始终都没有说过一句话。不过相对于此，更让我感到不可思议的却是博，他竟然一直保持着那个动作——用下巴枕着凯瑟琳的膝盖——整整十五分钟，动也没动。

　　要知道，以往为得到一次爱抚，博最多耐心等上十秒。这一回，他却为凯瑟琳破例了。我不知道这是为什么。凯瑟琳坐在那里，一动不动；博枕着她的膝盖，同样一动不动。他们就那样僵持着，我立在一旁，感到越来越不舒服。想想吧，跟这样一个死气沉沉的女人待在一起，不是一件很可怕的事情吗？

　　博也许很希望他与凯瑟琳的这种"僵持"一直持续下去，但我已经受不了了。当时钟终于指向两点半的时候，我近乎狼狈地向凯瑟琳说了再见，然后拉着博离开了。

　　是什么原因让凯瑟琳患上了紧张性精神分裂症？我对此很好奇，就问了一位护士，她向我解释："具体原因我们也不是很清楚，但一般说来，当一位老人感觉到自己被别人厌恶或者嫌弃的时候，就很有可能患上这种病。我们也没有什么特别好的办法，尽量给他们一个舒心的环境，这是我们所能做的极限。"

　　我突然有了了解凯瑟琳的渴望。幸福远离，快乐逐渐成为一种奢望……我完全想象得到凯瑟琳此刻的心情：寂寞、烦躁、悲戚、无助、绝望，乃至被遗忘。我已经下定决心，一定要走进凯瑟琳的心，读懂她。

　　于是，每周一到来的时候，我和博新增加了两个拜访点，就是112和114。查理、埃玛和凯瑟琳，也就成了我们固定的探访对象。查理永远都是那么热情，他每次都会挥手邀请我们进屋，而埃玛依旧静静地坐在床上，敲击床板，等博跳上床去，躺在她身边舔她的脸。这其中似有无穷的乐趣，他们从来都不会厌烦。

　　凯瑟琳也还是老样子：安静地坐在轮椅上，无精打采地面朝着窗子。若非我感觉得到她的呼吸，我几乎以为她已经死去了。

　　我每次都试图跟她交谈，但她依然不为所动，不曾给过我任何的回应。我失望了，我这么做有什么意思呢？我已经没有心情跟一个活死人待在一起，可是博却依旧坚持着。他每次都会很认真地和凯瑟琳"僵持"十五分钟。他或许是在教我如何"陪伴"凯瑟琳。

绕道而行！绕过凯瑟琳的房间！这是第四次来康复中心时，我脑中所产生的想法。不过这想法到底没能实现，为何？博坚持拽着我往那里去。于是我们又一次走进了那昏暗的114房间。一如往常，他待在她的左侧，下巴抵在她的膝盖上，她依旧毫无反应。

对于博这样的举动，我没有表示反对，但心里已经在盘算着五分钟之后的事。是的，我已经决定只待上五分钟，然后立马闪人！现在，我的脑子里所想的，是将要进行的商务会谈。我沉默地坐在那里，没有说话，自顾自地想着事情。凯瑟琳是不会在意的，事实上她从来也没有在意过什么，起码在我看来是这样。不过，就在五分钟之后，当我试图带着博离开的时候，发生了一件奇怪的事。

博的头上出现了一只手。是的，是凯瑟琳的手。此外，她没有任何举动。她只是静静地将手放到博的头上，而博也一反常态，没有摇晃自己的身体，也没有用鼻子去蹭凯瑟琳的手。他站在那儿，纹丝不动，仿佛是一座雕塑。

我又坐了下来，心里是说不出的震惊。随后的十分钟，凯瑟琳的手一直搭在博的脑袋上。他们在进行着一种玄妙的、无声的交流。

两点半时，时钟敲响了，属于我们的一刻钟已经用完了。凯瑟琳将她的手从博的脑袋上挪开，旋即重新放回到膝盖上。随后，博乖驯地从房间里走了出去。

过了两年，我的博因中风而走到了生命尽头。他临终时，一直在我的怀里。

　　那以后，又过了八年。博教会了我许多东西。他常让我想起那个午后，想起他对凯瑟琳的那份坚贞的爱。表达爱的方式有多种，每当我因为失望而想要离开的时候，我就会很自然地想起博。博有多待10分钟的耐心，我想我也可以。

你在这里，真好！

佚名

埃里克·西尔的脚旁，伏卧着一只瘦骨嶙峋的小狗。它看上去只有五周大。它是一只杂种母狗，是被谁半夜扔在西尔夫妇家门口的。

埃里克对他的妻子杰弗里说："不用再说了！我们是绝对不可能养它的，因为真的不需要，即使要养也要养一只纯种的。"

杰弗里假装没听见，轻声地问："你说这只狗是什么品种的？"

埃里克摇摇头，说："我也不是很肯定。应该是只杂种德国牧羊狗吧。你看她身上带色彩的斑点和半耷拉着的耳朵，应该是。"

杰弗里见他态度温和了些，就马上说："我们可以不收养它，但也不能让它在外面流浪吧。先喂她吃点东西，给她洗个澡，然后再为她找个家吧，你觉得呢？"

小狗就在他俩中间，一会儿瞅瞅这个，一会儿看看那个，眼里充满了期待，并不时摇摇尾巴，就像在等待即将被宣布的命运。埃里克发现，虽然这只小狗瘦得可怜，全身的毛也没有光泽，但那双眼睛却闪烁着晶亮的光芒。

埃里克最后妥协了，他无奈地说："好吧，随便你吧！你想收养她可以，但你要明白我们并不需要。"

杰弗里笑了，她抱起小狗，随着埃里克回到屋里。埃里克接着说："特克斯够辛苦的了，过几天再过去吧。"

西尔夫妇有一只六岁大的牧羊犬，叫特克斯。特克斯从小就是他们夫妇养大的，是由澳大利亚牧场主培育的品种，品性温顺，很好驯服。虽然他的窝已经分了部分空间给了一只黄猫，但他还是很愿意再腾出些地方给这只新来的小狗。

现在西尔夫妇管这只小狗叫海因茨。

西尔夫妇发现，特克斯看东西的能力似乎越来越差，怀疑他的视力出现了问题。兽医一检查，说是患了白内障，但通过手术应该是可以去除的。但是达拉斯眼科专家在检查后却认为，他是有白内障，不错，但这只是导致他视力变差的一个原因。为了进一步确认，专家在当地大学的兽医学实验室为他预约了门诊。最终的认定结果是，特克斯其实早已失明。医生们还说，即便发现得早一些也没用，任何药物或手术都阻止不了他视力逐渐衰弱的趋势，哪怕是延缓都难以做到。

回家的路上，西尔夫妇谈起特克斯在黑暗中是如何生活时，才对一些事情恍然大悟：门明明开着，特克斯为何还是会撞到；鼻子为何撞到铁丝围栏上；走路为何都是沿着石子道。原来，他的视力出现了问题，只有沿着石子道，才能保证不会走错路。

西尔夫妇为特克斯失明一事到处奔走着。转眼间，海因茨已经长大了不少，胖嘟嘟的，而且活泼可爱。尤要提及的是，先前没有光泽的皮毛，如今已闪烁着健康的光泽了。

这只德国杂种小牧羊狗将很快变成大狗，再跟特克斯、黄猫挤在一个窝，显然是不可能的了。于是，西尔夫妇又建了一间新的狗屋，两个狗屋并排在一起。

也就在那时，他们才突然意识到，海因茨跟特克斯玩耍时，那些拉啊、拽啊什么的，并不是因为他们爱瞎闹，而是有其他原因的。

每天傍晚，要走进狗屋时，海因茨就轻轻咬住特克斯的鼻子，慢慢拉着他。次日早上，海因茨叫醒他，以同样的办法带他出去。走到门口时，海因茨就用肩膀引着特克斯穿过去。如果沿着狗圈围栏奔跑，海因茨就奔跑在特克斯和围栏之间。

看吧，在未经受任何训练的情况下，海因茨成了特克斯的私人导盲犬。

杰弗里说："天气晴朗时，特克斯常卧在柏油车道上，四脚朝天，享受着阳光的沐浴。如果有车过来，海因茨就会叫醒他，使他脱离危险。有好几次我们看见，特克斯被海因茨从马路边推开。起初我们不知道，他们俩为何能肩并肩在牧场上奔跑。直到有一天，他们陪着我去遛马时，我听见海因茨在'说话'。仔细一看，原来她在不断地轻轻咕噜着，好让特克斯一直跑在她身旁。"

　　西尔夫妇由衷地对海因茨感到敬佩。一只狗，在没有经受任何训练的情况下，想尽一切办法，发挥自己的聪明才智，给予她失明的同伴最大的帮助，以及最周全的保护。

　　很明显，海因茨不仅给了特可斯她的眼睛，也给了她一颗温暖的心！

狗雕

佚名

　　帕奇·安，这条阿拉斯加的狗，会由衷地向你表示欢迎，如果你是一名经由水路来到朱诺市的客人。她不会对你吠叫，她的尾巴也不会对你摇动，她甚至对你热情的问候置之不理，但是这实在不能怪她。因为，她不过是一尊铜像。她安静而庄严地肃立着，在毗邻加斯蒂诺海峡的广场上。

　　帕奇·安有原型吗？有的。是谁？是一条杂种狗，于1929年出生在斯塔福德郡。才刚出生，主人就将她带到了朱诺市。主人没有一直将她饲养下去。说得残酷一点，事实上她被抛弃了。她的主人为何这么做？因为她是一只聋哑狗。

　　她成了街上的一只流浪狗，无家可归。街上不只她一只流浪狗，她只是其中的一员。她后来被人收养过，但是又迅速被抛弃了。在白天，她无所事事地闲逛，一家家店铺来回穿梭。对此，人们并没

有表示反感，甚至很乐意看到她的身影。她看上去一点也不沮丧，反而显得很快乐，无忧无虑的。到了晚上，她跑到码头工人会堂去睡觉。那里的确是躲避风寒的好地方。

这聋哑狗有一种令人吃惊的能力。只要有船靠近加斯蒂诺海峡，不知怎么地，即使船还在半英里开外，帕齐·安就能"听见"汽笛声。她会迅速做出反应，连忙奔跑到码头，等船靠岸。

帕齐·安怎么会有预感船即将到岸的能力呢？当地居民谁也说不出个所以然，他们更加不明白她怎么知道船确切的停靠泊位而去等待。不过大家都认为，这条狗的判断是值得信赖的，因为她从未出过差错。

有天下午，人们聚集在指定的码头迎接到岸的船，帕齐·安也和迎船的人群在一起。突然间，她跑到另外一个码头上去了，每个人都对她的举动感到困惑，后来才知道他们自己弄错了。船开进海峡，就靠在帕齐等待的泊位。

帕奇·安喜欢当地的居民，因为他们会给她好吃的东西，还会时不时地抚摸她以表示爱怜。她得到了热心的照顾，那些码头工人对她不错。不过，帕齐的主要乐趣是坐等在码头上，欢迎船到岸。

于是，理所当然地，"阿拉斯加朱诺市官方迎宾小姐"的桂冠终于在1934年的一天被朱诺市市长亲自戴在了帕奇·安的头上。也是在那一年，该市通过一项法令，规定所有的狗要领执照。

可怜的帕奇·安，她是一条流浪狗，她被扣押了。甚至，动物管理员还威胁要对她执行安乐死。好在市民还是很热心的，他们凑钱为她办了执照，还买了个鲜红的狗圈。帕齐重获自由，朱诺市的码头上又出现了她的身影。

帕奇·安一直都那么无忧无虑。十三年的日子里，码头上每天都会出现她快乐的身影。她就是一枚开心果，给市民们带来了无尽的欢笑。虽然市民们叫她"好女孩儿"时，她根本听不见，不过她能读懂他们的微笑。微笑里有温存，有爱恋，有关切。

1942年的一天，她的生命走到了尽头，无数的朱诺市市民悲痛不已。他们将帕齐·安的尸体安放在一个小木棺材里，慢慢落在加斯蒂诺海峡中。帕奇·安走了，但，她还活着，活在每一个朱诺市市民的心中。

她死后约半个世纪，发起一场纪念它的活动。帕齐·安广场就是那时改建而成的，原来只是加斯蒂诺码头边的一小块地。广场上竖立起一尊铜像，比活狗大，基座上还有一个铜领圈。

如今，帕奇·安广场上，鲜花处处。人们同帕奇·安一起静静地眺望着那美丽的加斯蒂诺海峡。

帕奇·安，这只由全体朱诺市市民收养并爱戴的聋哑狗，这个备受喜爱的开心果，还在快乐地做着她的迎宾小姐。她静静地矗立在迎宾牌的身旁，好像是在开口说：欢迎来到阿拉斯加朱诺市。

我的朋友，原来你一直与我同在

佚名

她来我家时，我刚刚八岁。爸爸是在工作时发现她的，那时她找不到家了，不知道该去哪儿。她已经很久没吃东西了。爸爸心里不忍，轻声说道："应该让你有个温暖的家。"

爸爸把货车的门打开，她马上跳了进去。爸爸说，一路上她不断地摇头，像拨浪鼓似的。她看起来很高兴。到家后，爸爸给了她一些吃的东西，好让她填饱肚子。爸爸还给她洗了个澡。当时我还在学校，但我的第一个宠物宝贝已经来到我家了。

我早就想养一只狗，但爸妈说不急，我得长大一些才行。等我大到可以承担责任了，我就可以养一只小狗，他们说。

我还不知道有个小宝贝在等我呢。直到放学后，走进家门，才看到了她。真是让我惊喜的一幕！她是一只黑白色的小狗，头戴红

狗趣

蝴蝶结。她朝我跑了过来，然后不断地舔我。从那一天起，我和她开始了一段特别的友情。

我想给她起个名字。哥哥们嘲笑她的尾巴太丑了，说就像畸形的一样。她摇尾巴不是前后摇的，而是转着圈儿的。哥哥们用手指捏着她的耳朵，说道："这也太奇怪了！"因此，她有了个名字——"斯科罗丽"。

我教斯科罗丽玩捉迷藏，有时候我们一玩就好几个小时。我们每天都黏在一起，一起长大，一起学习。

十一年了，我们建立了深厚的友谊。我对她无话不谈。但她渐渐老了，还得了关节炎。父母明白，她也许就要走了，就要离开这个世界了。父母没有给我做任何决定，而是让我自己处理。

斯科罗丽饱受病痛的折磨，后来药物也无法缓解她的痛楚了。她痛得都无法走动了。看着她可怜的眼神，我觉得应该让她安详地离开了。

我把她带到了兽医站，医生把她放到桌上。斯科罗丽的头向前倾着，她不断舔我的手。兽医拿一支镇静剂注射到她的前爪，她的表情十分痛苦，但很快就昏睡过去了。她的尾巴还微微摇动着。给她打针前，医生问我是否确定这么做。我眼含泪水，沉重地点了点头。

过了一阵，她的尾巴也不动了。医生摸了摸她的心跳后，对我说道："结束了。"我用她最喜欢的毯子把她包好，带回了家。

回到家后，我把她埋在那片草地里。以前她最喜欢在那里玩耍。

埋葬她，是我做过的最难受的一件事。

　　之后的很多年，我都没有到那里去看看她，但最近专门去了一趟。我在她的墓地上发现了一株野花。我坐在墓碑旁边，看着这株野花在风中摇曳，感觉到它就如斯科罗丽的尾巴那般，绕着圈摆动。我终于明白，这位特殊的朋友并未走远，她用另外的方式一直与我同在。

老人与狗

佚名

在我的生命中，最难过的事当属与梅格的诀别。

以前，每当我需要她时，她总会义不容辞地出现。她已经是我生命的一部分。

过去十五年里，她始终是我最好的朋友。我开不开心，都要与她分享的。她和我共同经历了我一生中很多重要的事情，比如结婚、生子、离异、丧母，以及陪伴久病的父亲。

我们把她安葬在花园角落里，那棵开满花朵的樱桃树下。那是她中意的地方。马修用木头做了一个十字架，劳拉则用红彩笔在上面写上了她的名字。

她离开后，有不少朋友建议我再养一条狗。但我觉得，梅格是无法替代的。

父亲因为中风，生活无法自理。但在大家的悉心照顾下，他终

于有所好转了。不过我还是觉得，父亲的情况大不如前了。

梅格已经离开我们一个月了。有一天，我端着一个托盘，到花园去找父亲。他坐在长椅上，正晒着太阳。

"爸，来点茶和饼干吧！"我高兴地说。

他愣了一下，连忙把身子转过去，但我还是看到了他脸上的泪水。

我说："真是个好天气！"

"不错，吉尔。"父亲终于回答了："是个不错的天气。"

"吃点吧，爸！"

他叹了一声，抬头看着蔚蓝的天空。

"孩子们就要放学了，"我笑着说："等他们回来，您老人家想吃饼干，可得和他们争了。"

父亲微微一笑。我强忍着没有哭出声来。

"爸，我爱你。"我把手轻轻放在父亲的肩头："你可得挺住。"

他故作镇定地耸了耸肩，回答我："我不明白你在说什么。"

"不，你清楚的。一直以来，你都在与病魔抗争，现在就要战胜它了。可是我觉得，爸爸您最近好像想放弃了。"

他叹了一声，拿了一块饼干，咬了一口，然后对着我笑了笑。

父亲的状态也让医生感到十分疑惑——"您的父亲除了中风留下的后遗症外，看不出有其他的病。不过您父亲的精神好像不太好，他应该受过什么打击。"

医生说得没错。父亲的血液检查结果很正常，其他方面的检查

结果也如此。按理说，他应该恢复得不错，但实际情形却非如此。

我给父亲变着花样做饭，希望可以提高他的食欲。我还劝父亲出去兜兜风。但父亲的情绪始终那么低落。我很担心，担心我又要失去父亲了。

我的脑海中，不断浮现出父亲年轻时的样子。在我的印象里，他以前相当健硕，精力充沛。他那时常常把我扛在肩上。我们还常常在花园里追逐嬉闹。

每次父亲出去散步，我总会立马跟上去，在他身边疯跑疯跳。以前对生活充满热情的父亲，如今却只能端坐在花园中，把毯子盖在膝上，忧郁地凝视着前方。目睹着他巨大的改变，我的心几乎都要碎了。

父亲刚中风那会儿，只能躺在床上过日子。是梅格帮助了父亲，使得父亲可以重新站起来。每次想到梅格帮助父亲重新站起的情景，我总是忍不住笑出声来。

可爱的梅格从花园里找到一截木棍，她把木棍叼起来跑到楼上。我弄不明白她为什么这么做，就跟着上去了。我看到她把木棍放在父亲的床边，然后就后退了几步，摇摇尾巴。

父亲问："这是什么？"

她轻轻地叫了几声，然后蹭了蹭木棍。

"给我的？"父亲伸手去拿棍子，可梅格马上冲了上去，把棍子给叼走了。

这很快成了父亲与梅格的游戏。每当父亲要拿棍子时，梅格总会抢先把它叼走。后来，梅格直接把木棍扔到了地上。这次梅格让父亲去捡木棍，自己则动也不动。

"吉尔！"父亲叫着我的名字："吉尔！"

我走近父亲时，父亲正开怀大笑。他说："你能扶我下楼吗？我想到花园里坐坐，这样我可以给梅格扔棍子了。"

"当然，爸爸！"我感到无比的激动。自打那时起，父亲的康复速度就变快了。

我和梅格友谊甚笃，而对父亲而言，梅格的地位更加重要。父亲已经离不开她了，对她有了深深的眷恋。他渴望她的陪伴。我终于明白父亲的情绪为何这么低落了，因为他永远地失去了梅格。父亲呆坐在花园里沉思，心中的痛苦怎么都不肯消失。

翌日，我把父亲在花园里安顿好，并嘱咐他看管那几个玩耍的孩子。

"我会很快回来，"我保证道："爸爸，你觉得还好吧？如果你有什么需要，就让马修给你拿。"

"谢谢你，孩子。"父亲笑了笑："不用担心，我会照顾好这一切的。"

我知道，我怎么做都不能取代梅格。我能做的，也许就是带来另一只狗，这样才可能弥补父亲心中的缺憾。

我此前从没去过动物之家，所以当踏进门内时，我吓了一跳！这里不仅有猫猫狗狗，还有一群兔子、一对小马和三只矮羊。他们都在等着新的主人。

　　动物之家有两位女工作人员。我忍不住把梅格的故事讲给了她们。

　　其中一位叫巴布斯，她把我领到了围栏的末端。于是，我看到了蹲在角落里的萨蒂，她不断嚎叫着，声音让人感到心碎。看见我们后，她才安静下来。她慢慢地走到笼子前，对我进行了一番打量。

　　我试图用手指去抚摸她，可她却躲开了，似乎有一丝害怕。我温柔地跟她说话，希望她能走到我的身边。过了一会儿，她的敌意终于淡了一些，走上前来舔我的手指。

　　"她挺温顺。"我嘴里这么说着，心里却泛起了嘀咕：萨蒂会喜欢我那几个淘气鬼吗？难以想象！我的心不禁凉了半截。

　　巴布斯对我说："她的主人换了另一个住所，说是先把她寄养在这，一周后再把她接走。但事实是，到现在也没有半点音讯。现在萨蒂对任何人都不信任，不过只要她喜欢上你，那就难说了。"

　　我感叹道："这主人也太狠心了！怎么可以这样做呢？"

　　巴布斯说："哎，真是糟糕！萨蒂没有受到身体上的伤害，但她的心灵却遭受了重创。她需要重拾信心。她再也无法忍受孤独了。"

　　"她以后再也不会孤独了。"我回答。这时，萨蒂微微摇摇尾巴，她好像明白我在说什么。我说道："请你相信，我的家永远都充满爱，充满温暖。"

　　当我们到家时，马修和劳拉都不在家。父亲依旧坐在花园里，迷茫地看着前方，他连看书的兴致都提不上来了。

　　"爸……"

他听到我叫他，转过身看我。当看到我不是独自回来的时，他一下子就愣了。父亲的眼睛直盯着萨蒂。我以为他会拒绝萨蒂加入我们家。但父亲并没有那么做，他反而主动和萨蒂打起了招呼。

"过来，小姑娘。"他温柔地说道："我不会伤害你的。"

萨蒂犹豫着朝父亲走去——在他的毯子上嗅来嗅去。

父亲问："她叫什么？"

我回答："萨蒂。"

"你好，萨蒂。"

萨蒂在父亲腿旁坐了下来。父亲看萨蒂的眼神，就犹如看梅格时一样。他轻轻地抚摸着萨蒂的脑袋，目光中满是温存。

我对父亲讲了萨蒂的事，还告诉父亲萨蒂需要更多的爱。

听完萨蒂的故事后，父亲很生气。父亲是个善良的人，无论对人还是对动物，他都难以容忍任何形式的残忍。

"喂，"父亲淡淡地说："我们得补偿萨蒂，让她过得更好。你怎么突然想起弄条狗回家呢？"

"啊，我……"

"没事儿，这样做挺好！"父亲轻拍我的手说道："我明白你很想念梅格，孩子们也是一样。不过梅格已经离开了，你们可以到更远的地方散步了。我也可能跟着你们转转去。我可不想一直待在这里，度过我的余生。"

几个月来，父亲第一次提到将来，提到要去远处走走。我感到一股暖流在心田蜿蜒开来。

"我无法一下子就跟着你们走到很远的地方去，不过能逐渐恢复元气的话，我想……"父亲说。

这时，马修和劳拉回来了。一旁的萨蒂兴奋起来了。她跑向孩子们，就像看见了老友一样，亲切而又自然。我转过头看到父亲正开怀大笑。真是久违了，我想！

那些把萨蒂遗弃的人，他们有没有意识到究竟失去了什么呢？这是他们失去的，也是我们收获的。可爱的萨蒂，她在我们家找到了归属，她不会孤独，也不会失望。我想，萨蒂对此是清楚的。

梅格的离开带给我们全家的缺憾，被萨蒂用另外一种方式弥补了。

父亲并没有马上把萨蒂带出花园。他只是跟着萨蒂在花园里转悠，时不时跟萨蒂说上几句话，而萨蒂呢？看上去听得很专注。

昨天恰逢是梅格去世一周年的日子。过去的已经过去，新的生活已然开始。

孩子们在那棵樱桃树下，种上了几株雪花莲，这代表着我们对梅格永远的思念。

我期盼已久的奇迹，终于出现了！父亲慢慢走到厨房，取下了钩子上的牵狗带。萨蒂看到父亲这么做，兴奋得活蹦乱跳，绕着圈子不停地跑动。

父亲说："好了，我们要去散步，有谁想一起去吗？"

在这之前，父亲跟萨蒂只是绕着花园走；走累了时，他就把萨蒂交给我或者孩子们。父亲今天似与往常不同，所以我屏住了呼吸。

"我去！"马修边说边拿起外套。

"我也去！"劳拉大声说道。

我站在窗前，看着父亲牵着萨蒂，和孩子们走向对面的街道。父亲站在中间，他用手紧紧地拉住萨蒂的牵狗带，生怕萨蒂跑丢了一样。两个孩子伴在左右。走了一阵，父亲突然停下脚步。我的心骤然收缩，怕会发生什么事。父亲却笑了起来，声音十分洪亮。那一瞬间，我的眼泪飚了出来。

我马上冲出门厅，拿起衣架上的外衣就冲出了家门。

我大声喊道："爸！"

他们听到我的声音后，都转过头来。

"爸！"我就像一个六岁的孩子："我想跟你们一起散步，可以吗？"

"来者不拒呀！"父亲笑着答道。父亲把自己的双臂伸了出来，让我感觉一下子回到了孩童时代。

我的心怦怦跳着，跑向父亲。我知道父亲已经无法像当年一样，把我高高抱起原地转圈了。但父亲把我抱在怀中时，我分明体验到了那种被宠爱的感觉。

我轻轻地说："爸，欢迎你回来！"

父亲把我搂得更紧了。

爱的代价

佚名

"世界上没有人会同时养两只狗的，有谁能让两只狗在同一个屋檐下相处呢？"我为了阻止某些不可预见的麻烦事，极力想阻止孩子们的"危险"做法，因此固执而坚定地冲他们大声喊着。同时养两只狗？简直是荒唐！

根据以往的经验，只要不让鲍氏家族的孩子们给随便哪只小狗起名字，这只小狗就不能算是这个家庭中的成员。在我们这个家，取了名的动物就表明成了被喂养的宠物。进一步说，他就成了我们这个家庭的一分子了。

"无论如何，我们总得给他一个名字啊，要不我们怎么称呼它呢？"四个孩子对我的提议非常不满。

"既然这样，那好吧，就叫他 X 狗吧。"我说。孩子们都不约而同地皱起了眉头。可我现在最希望的，就是这件事能如肥皂泡般马上消失掉。要是果真如此，那就再好不过了。

可惜事与愿违，我寄予厚望的不取名策略很快宣告失败。小狗还没长大到可以断奶的时候，孩子们已经迫不及待地为它取了名字，亲昵地称呼它为"小淘气"。尤其让我感到沮丧的是，还没等我反应过来，这只小狗已经像壁炉一样，永远黏在了我们家，赶不走了。

我很恼火。这全怪安迪。安迪是一只杂种狗，一天来到我们家附近安扎下来。他无所事事，整天在大街上闲逛，到处寻花问柳。如果安迪没有出现在这里，或者他能收敛一些，事情也就不会发展到今天这个地步了。

安迪今年14岁，无人收养，四处流浪，是一只名副其实的野狗。他不仅浑身脏兮兮的，而且腿关节患有严重的关节炎，走起路来一瘸一拐的。虽然如此，他还是进了我们家那围得并不十分疏漏的院子。他遇上了我们喂养的纯正刚毛犬海迪。海迪已长到10岁，但仍是老处女。他们一见钟情，亲密了那么一会儿。

后来发生的事情证明，仅仅那么一会儿，安迪已经把自己的种子注入到了海迪体内。那是个阳光明媚、微风荡漾的春天，我们一家人带着海迪到佛罗里达度假，而那时我们并不知道她已经暗暗怀孕了。直到有一天半夜，我们吃惊地发现海迪蜷缩成一团，还发出了阵阵断断续续的呻吟声。

听到那个声音时，我们起初还以为那是从岸边传来的海浪的起伏声。但那声音似乎又夹杂着一丝痛苦的成分，我们的心都提了起来，便四处仔细查看，然后出乎意料地发现，原来那是海迪发出的呻吟声。

妻子雪莉将海迪检查了一阵后说，海迪正在努力生小宝宝呢。但是海迪的生产并不顺利，她一直痛苦呻吟着，直到天亮，小狗宝宝丝毫没有出来的意思。幸好，我们在当地找到一位兽医，他开车过来把海迪接到了自己的动物医院。他仔细检查一番后，打电话告诉我们大家，海迪之所以那么难生产，是因为肚子里的小狗长得太大了，挡住了海迪的产道。要是拖得太久，海迪和小狗都会有生命危险。听了兽医的话，我们非常担忧，每个人都坐立不安，来回走动。我们每隔一到两个小时，就迫不及待地打电话给兽医，了解海迪的最新情况。就这么等啊等啊，一整天里，大家连饭都忘了吃，只想着海迪一定要尽快把小狗生出来。一直等到傍晚，兽医打来电话，告诉我们海迪已经脱离危险，并顺利产下了一只小公狗。

"她的肚子里本来是有三只小狗的，"兽医说："但由于拖的时间太久了，有两只小狗因为缺氧，一生下来就夭折了。只有最顽强的一只活了下来，简直是个奇迹。海迪平安无事，你们放心吧。"

焦急等待了一天的孩子们，瞥了一眼那只孱弱而顽强的小公狗。他像是一团脏兮兮乱糟糟的线球，紧挨着海迪躺着，闭着眼睛，贪婪地吮吸着海迪的乳头。孩子们哄叫起来，说："爸爸，快看，安迪！它和安迪长得一模一样！"

"长这么大，你见过像他一样难看的、惹人不快的狗吗？"我试探地问妻子雪莉。

　　"其实挺可爱的，没你说的那么难看呀。"她答道，话语里居然充满了赞赏。

　　"我倒也希望别人能和你一样这么想。"我说："他不会跟我们太长时间的。"不过我心里清楚，这话还不如不说。

　　等到小狗长到了第10周，他就很讨孩子们的欢心了。令我不安又无奈的是，对于孩子们来说，这只小狗的魅力远远超过了所有那些附着在船底的、曾经令他们深深着迷的甲壳动物。虽然我极力地想不去搭理他，以免让自己也把他当作家庭成员，但也不能不承认，这只小狗长着一双相当敏锐的耳朵，他总能第一时间听到车道或院子里的每个响动。每当孩子们骑车出去，或者我换上跑鞋要去跑步的时候，他就一颠一颠地跟在我们后面跑。

　　要是我们速度太快，他远远落在后面，知道自己追不上的时候，他就转而去追赶小松鼠玩。他充满活力，又那么顽皮，我有时候也难免说漏嘴，管他叫小淘气。这时，他就会摇着尾巴过来，用鼻子蹭我的裤脚，蹭得我痒痒的。

　　那个秋天，也就是我们家喂养小淘气约莫半年后，他遭遇了一场意外。他把一只从树上下来找东西吃的松鼠从院子一直追赶到大街上，然后就传来了刺耳的紧急刹车声。

　　一定是他出事了。

　　果不其然，他的左后腿被轧断了。兽医为他的腿上了夹板。幸运的是，没过多久他就完全恢复了。他变得更活泼、更顽皮了，似乎打定主意要把受伤后的时光加倍补偿回来。小淘气能这么坚强，

能这么快就完全恢复，不能不让我们感到宽慰和惊讶。

但是又有不妙的事发生了。

"坏疽，"坏消息传来的那天晚上，雪莉含泪说道："兽医说只有两种解决办法，要么截肢，要么实行安乐死。"

我呆住了，感觉浑身无力，屁股重重地跌落到了椅子上。"别无他法，"我说："小淘气天性好动，一刻都不能停下来，让他仅靠三条腿度过后半生，这对他来说，实在是太不公平了。"我倾向于对小淘气实施安乐死。

突然间，四个孩子一起跑进屋来。他们一直躲在门外偷听我们讲话。"你们不能因为他有一条腿残疾了，就把他置于死地，这样做对他来说更加不公平。"史蒂夫跟拉雷恩争辩道。

我对怒气冲冲的孩子们温和地说："这件事等我们都想清楚了，明天再做决定吧。"等孩子们都上床睡觉之后，我和雪莉又开始谈起这件令人左右为难的事。她无比伤感地说道："如果我们贸然放弃小淘气，可以想象，孩子们一定很难接受的。他们不知道要伤心多久呢。"

"是啊，尤其是克里斯托弗。"我说："知道要永远失去奎尼的时候，我就像克里斯托弗现在那么大。你知道，这个年龄的孩子是最容易伤感的，特别是对某些事物有了很深的感情之后，却又面临着失去。"

我给雪莉讲起了我的爱犬。

奎尼是条纯正的白丝毛狗。她尖嘴竖耳，身材苗条，体态优美。

一跑起来，全身的绒毛一起舞动，宛似海面上的滚滚浪涛。可是一场意外之后，奎尼原本壮实的两条后腿完全不能动了。过了一段时间，爸爸对我说，只有对奎尼实行安乐死，才能使她彻底摆脱所有的痛苦。

"可是她一定会好起来的。"我苦苦哀求道，不忍心让奎尼就这样死去。那时，我一遍又一遍地祈求上帝，希望上帝能赐予奎尼力量，让她站立起来重新行走。我多么想再次看到她那美丽的绒毛舞动起来的样子。但是事与愿违，情况还是越来越糟糕，渐渐到了无法挽救的地步。

那个下着雨的傍晚，我像平常一样去地下室找奎尼——奎尼傍晚时习惯懒洋洋地躺在里面的废旧炉子旁边。我在楼梯上正好碰到了爸爸。爸爸脸色苍白，表情极不自然，手里抖抖索索地拿着一块铁红色的布头，一阵浓烈的腥味从那里散发出来。

"宝贝，对不起，我们不能让奎尼一直痛苦下去，他很安详地去了。"爸爸用颤抖的声音告诉我。

我泪如泉涌，扑在爸爸的怀里。我不知道自己究竟哭了多久，只觉得眼睛酸痛。我感到有雨点滴到我的头上，抬起头来，才发现是爸爸的眼泪。至今我还清楚地记得，当时我心里充满了异样的感觉，那是一种被别人充分理解，并感同身受的快乐。

我对爸爸说："我发誓以后再也不养狗了，他们死的时候，我真的受不了。"

"我可怜的孩子，你说得没错，那的确令人伤心。"爸爸紧紧搂着我，爱抚地顺着我的头发："但你要记住，我们必须坚强地面对这一切，因为这正是爱的代价。"

第二天，我们把兽医约到家里，在与兽医和全体家庭成员充分商量后，在孩子们的坚持下，我极不情愿地接受了给"小淘气"做截肢手术的建议。当然，我心里还是愿意相信小淘气会好起来的，所以我对雪莉说："如果孩子们的信念能使他康复，他一定会完全康复。"

没想到，奇迹真发生了！经过一段时间的治疗，小淘气在大家的帮助下，又恢复到原来的样子。这一点，在他接受截肢手术后没多久，就得到了充分的证明。

最令人惊叹的是，他克服四肢不全的方法。不错，他发明了一种新方法，让自己依靠单条后腿就能自由跑跳，而且跳起来既有力又能保持平衡。小淘气还是像从前那样充满激情。

"不可否认，小淘气他有一个最大的优点，"一个邻居说："那就是，他没有意识到自己是只残疾狗。这大概是因为他还太小，没有清楚认识到自身的缺陷，或者说他根本就不介意这一点。"

在五年多的时间里，时刻充满激情的"小淘气"，渐渐使我们懂得了应该如何面对生活。在困境面前，不应妄自菲薄、轻言放弃，而要乐观、积极、勇敢。生命中没有过不去的坎，一切都会好起来的。小淘气全力投入生命，向我们完美地展示了抛开世俗眼光、充分表现自我的意义。每次和"小淘气"一起跑步时，我就一边跑一边和他聊天，而他也仿佛能听懂我的话。

"你想象得到吗？你刚生下来那会儿，我差点儿把你赶走，"我用庆幸的语气对他说："可那群孩子坚决不让我那么做，因为他们从一开始就知道你会有多棒。"

小淘气仰起头仔细地盯着我的脸，同时还欢快地摇着尾巴，显然他非常开心听到别人的赞赏。

如果小淘气不再那么好斗的话，或许他能拥有更多时间展示自我，继续向他的同类或者其他动物，包括我们人类，展示他的品质与个性。8月初的一个晚上，月亮高高地挂在天上，把大地照得亮堂堂的，这时小动物们都赶着回到窝里休息了，可小淘气却不见了踪影。想想以往，不管他在外面怎么疯，都会按时回来的，可是这次却不同。

我们等了整整一个晚上。直到第二天早上，他才喘着粗气，跌跌撞撞地跑进屋里。我注意到，他的脖子上满是血。显而易见，他一定又跟别的什么狗打架了，而这次他并没有占到便宜。对方一定比他强壮很多，要不是多数欺负少数，欺负他一个。

"小淘气，看你做的好事！你什么时候才能不让我们担心，嗯？你什么时候才能长大啊？"我走近小淘气，轻轻拍着他的头问。我吩咐孩子们拿海绵来为他擦洗身子。

他受了重伤。我甚至怀疑，他的气管或肺部受了重创。他抬起头望着我，目光里满是信任。他舔着我的手心，看上去对我那么依恋。他的身子已经虚弱得很，尾巴都无法晃动了。克里斯托弗和丹尼尔跑去拿海绵，帮着把他全身的血迹和泥土擦拭干净，然后克里斯托弗抱着他，由我开车把他送到了曾经为他截肢的兽医那里。

到了兽医那里，小淘气被迅速推进手术室抢救。然而这次，我对小淘气的伤势判断得太准确了。他的肺部严重受伤。中午时分，兽医打来电话，通知我们小淘气走了。

那天傍晚，我和克里斯托弗开车赶去诊所，克里斯托弗一言不发地抱起"沉沉睡去"的小淘气。前几个月，小淘气的妈妈海迪因为年老也走了，走时已是15岁。但我们仍为此伤心了整整一个星期。那时我们想，还好有小淘气在。没想到，才相隔数月，小淘气也离我们而去了。先前，我们把海迪葬在花园边的树林里，现在也把小淘气葬在了那里，让他们紧挨在一起。

开车回家的路上，我几次试着跟克里斯托弗聊天，希望能放松他的心情，然而他一直望着前方沉默不语，似乎没意识到我在跟他说话。很明显，他满脑子都是小淘气。他陷入了极度的痛苦之中，难以自拔。

"克里斯托弗，我这辈子见到过许多不同类型的狗，"我说："可是说实在的，小淘气确实与众不同。"

"是的。"他回答道，眼睛却凝视着茫茫黑夜。

"噢，当然，"我说："他除了与众不同，还绝顶聪明。"

克里斯托弗没有再答话。车旁闪过几道亮光，我看到他正在抹眼泪。他转过头来望着我，说道："爸爸，经过这件事，我决定了，"他哽咽着，带着哭腔："我这辈子再也不养狗了。我无法忍受还有其他狗像小淘气一样离开我。这太让人痛苦了，我不想经历第二次。"

"哦，我非常明白，亲爱的孩子，"我回答道："每个人都要经历拥有和失去，不过，这正是我们付出爱和拥有爱的代价。如果你不曾爱过，就不会有这么深刻的体会。"我对他说，语气好像当年我的父亲。

这时，克里斯托弗再也无法控制自己，失声痛哭起来，而我的眼睛也蒙上了一层泪水。与小淘气一起度过的欢乐时光，一幕幕闪过脑海，让我几乎分辨不清回家的路。

开到一家加油站旁，我停下车子。我紧紧地抱住克里斯托弗，想让他清楚地知道，我和他有着同样的感觉。他的损失也是我的损失。

我在回忆里等你

佚名

一

当我还是一只小狗的时候，我的顽皮总会给你带来快乐，让你开怀大笑。你称我为孩子，虽然家里的许多鞋子和靠枕被我啃咬得破烂不堪，你依然把我看作你最好的朋友。无论何时我做了"坏"事，你都会摇摇手指对我说："你怎么能这样呢？"不过，最终你都会原谅我的，还把我扑倒揉搓我的肚皮。

我改掉乱啃东西的坏习惯所需的时间比预期的要长，因为你一直都比较忙，但我们一直在一起努力。我仍记得那些夜晚，我总跳到你的床上，用鼻子拱你，倾听你的心里话和秘密梦想，那时的我觉得生活美好得近乎完美。我们常去公园散步，追逐嬉戏，乘车兜风，偶尔停下来买根雪糕吃（我只能吃到雪糕筒，因为你说"雪糕

对狗狗的身体有害")。每天我都会长时间地在太阳底下打盹,迎接你傍晚回家。

渐渐地,你将更多的时间花在工作和事业上,并花更多的时间去寻找你的另一半。而我总是耐心地等你回来,在你心碎绝望时给你慰藉,且从不对你的坏决定加以责备。每天我都欢快地蹦跳着迎接你回家。随后你与她坠入爱河,她就是你现在的妻子。她不是个"爱狗之人",但我还是欢迎她来到我们家,努力表达我的感情,并顺从她。因为看到你幸福我感到很开心。

后来你们添了几个孩子,我也与你们一同分享喜悦。我被他们粉红的脸蛋和香甜的气息深深地吸引了,我也想像母亲一样好好照顾他们。然而你们夫妇俩担心我会弄伤他们,大部分时间都把我关在另一个房间里,甚至关进笼子里。唉,我多想好好爱他们啊,然而我成了"爱的囚徒"。随着他们逐渐长大,我成了他们的好朋友。他们喜欢拽着我的毛,蹒跚地站起来,喜欢用手指戳我的眼睛,喜欢研究我的耳朵,也喜欢亲吻我的鼻子。我喜欢他们的一切,特别是他们的抚摸——因为你现在已经很少碰我了——如果需要,我愿意付出生命的代价去保护他们。我会偷偷溜上他们的床,倾听他们的忧虑和秘密梦想,和他们一起等着你的汽车开进家里的车道。

曾几何时,当人们问你是否养狗时,你总要掏出钱包里我的照片,向他们讲述我的故事。可是近些年,你却只是简单地回答"有",即刻转移话题。我已经从"你的狗狗"沦落成了"只是一只狗"了,你甚至会为花在我身上的每分钱而生气。如今,你的事业有了新的转机，你们要到另一个城市去，并且搬进一幢不准养宠物的公寓里。你为"家庭"利益做出了重要的抉择，但是我曾是你唯一的家人啊！

我兴奋地坐在你的车子里，直到到了一家动物收容所我才恍然大悟。那里到处充溢着猫儿狗儿的气味，还有令人恐惧和绝望的气息。你填好了表格，对那里的人说："我知道你们会给它找个好归宿的。"他们耸耸肩，露出了为难的表情。他们清楚地知道一只已近中年的狗将要面临的现实，即使它的各种证件齐全。你不得不掰开你儿子紧抓着我项圈的手指，任凭他哭喊着："不要！爸爸，求求你别让他们把我的狗带走！"我很担心他，因为你刚刚教过他关于友情、忠诚、爱与责任以及对一切生命的尊重。

你避开我的目光，轻轻地拍了拍我的头说了句"再见"，并礼貌地拒绝将我的项圈和皮带拿走。我知道你急着走，而今我也知道自己的大限将至。你走后，两位善良的女士说或许你几个月前就知道自己要搬家了，却并未试着给我找个好人家。她们摇摇头说："你怎么能那样呢？"

这里的人每天都忙得不可开交，但只要一有空闲，他们就会尽心照顾我们。我在这里不愁吃喝，可是几天来一直没有胃口。最初，每每有人经过笼子时，我都会满心欢喜地冲向前，希望来的人是你——希望是你回心转意来接我回去——希望这一切不过是一场噩梦……或许至少让我知道是有人关心我，有人愿意把我拯救出去。当我意识到与那些嬉笑打闹的小狗争宠，永远也不可能占据上风时，

我便退至僻远的角落，默默地等待着即将到来的命运，而他们，对自己将要面对的命运显然一无所知。

一天傍晚，我听到她向我走来，而后我蹑手蹑脚地尾随在她身后，穿过长廊，进入一个静得出奇的单间。她把我放在一张桌子上，揉捏着我的耳朵，告诉我不要担心。我已经料到将要发生的事情，我的心因此猛烈地跳动起来，同时也有一种解脱的感觉。"爱之囚徒"的有生之日已经所剩无几了，本性使然，我更加关心起她来。我感觉得到她承受的巨大压力，就像我能感知到你的每种心情一样。她温柔地把我的前腿绑上止血带，此时的她已经泪盈满颊。我温柔地舔着她的手，就像多年以前，在你忧伤的时候我给你安慰一样。然后，她娴熟地把注射器插入我的静脉。一阵刺痛后，一股冷流涌遍我的周身。我昏昏沉沉地躺下了，看着她善良的双眼，我呢喃道："你怎么能这样呢？"

她似乎听懂了我的话，说："真是抱歉。"她抱住我，连忙向我解释说这是她的工作，她许诺要把我带到一个更好的地方，一个充满爱意和光明，与尘世截然不同的另一个世界，在那里我不会再遭冷落，受欺凌，被遗弃，更不必再自谋生存……

我使尽那残留的最后一丝气力，用尾巴重重地敲了一下桌子，努力想让她明白那句"你怎么能这样呢？"并不是说她的，而是在说你——我最爱的主人。我一直都在想念着你，也将永远想念你，并会永远等你。愿你生命中的每个人都像我这样忠诚地对待你。

二

我叫席尔维丹·安伯伦·欧尼尔，而家人、朋友和熟识我的人，都叫我伯莱明。

衰老给我带来的负担，和恶魔般的疾病让我承受的痛苦，都让我认识到自己已走到生命的尽头。因此，我将把最后的情感和遗嘱埋葬于主人的心中。直到我死之后，他才会蓦然发现，这些情感和遗嘱就埋藏在他心灵的一隅。当他孤寂时，或许会想起我，或许会在看到这份遗嘱的那一瞬间，他会感受到这份感情的沉重。我期望他将此铭记于心，当作是对我的纪念。

我可以遗留的东西少得可怜。其实我们比人更聪明，不会将乱七八糟的东西藏在仓库里，不会把时间浪费在储藏金钱上，更不会为保持现有的或得到没有的东西，扰乱自己的睡眠。

除了爱和信赖，我没有任何值钱的东西可以留给他人。我将这些留给所有爱过我的人，尤其是我的男主人和女主人，我知道，他们会为我的离去献上最深切的哀悼。

希望我的主人能将我牢记在心，但并不要为我悲伤太久。在有生之年，我竭尽所能为他们孤寂而悲伤的生活增添欢欣和喜悦。一想到我的死会给他们带来悲伤，我便痛苦不已。

我要让他们知道，没有任何一只狗曾像我这样快乐地生活，这

都得归功于他们对我的关爱。如今我老得又瞎又聋又瘸，昔日灵敏的嗅觉也丧失殆尽，即使一只兔子在我鼻子下恣意走动，我也浑然不觉。尊严在病痛和衰老之中已经消失，这是一种莫名的耻辱，生命似乎也在嘲弄我的无力。我知道，应该在病到成为自己和爱我的人的负担之前，与大家道别。

我的悲伤来自即将离开我所爱的人，而非死亡。狗并不像人一样惧怕死亡，我们接受死亡为生命的一部分，而非一种毁掉生命的恐怖灵异事件。有谁能知道死亡之后又是什么呢？

我宁愿相信那里是天堂。

在那里，每个人都青春永驻，美食饱腹。在那里，每天都有精彩和有趣的事情发生。我们在任何时刻都可以享受美味食物。在每个漫长的夜晚，都有无数永不熄灭的壁炉，那些燃烧的木柴一根根卷曲起来，闪烁着火焰的光芒，我们百无聊赖地打着盹，进入甜蜜的梦乡。梦中会再现我们在人间的英勇时光，以及对主人的无限眷恋。

对我们来说，要预知死亡的日期，的确是一件很困难的事情。但是，死亡前的平静和安详却一定是有的。给予衰老疲倦的身心一个安详而长久的休憩之所，让我在人世间得以长眠。我已经享受到充裕的爱。这里，将是我最完美的归宿。

我还有一个诚挚的祈求，我曾听到女主人说："伯莱明死后，我再也不会养别的狗了。我是如此爱他，这种感情无法再倾注到别的狗身上。"

如今，我要恳求她，再养一只狗吧！把对我的那些爱给他。我相信，即使再养别的狗，你们也不会因此而遗忘我。

我希望能够感受到，这个家庭一旦有了我之后，便无法再生活在没有狗的日子里。

我绝不是那种心胸狭窄、嫉妒心强的狗。我一直认为大部分狗都是善良的。

我的接班人应该像我年轻时一样，有良好的行为举止，又是那样的杰出和帅气。我的主人，你千万不要勉强他做无法办到的事情。

但他会尽全力把一切事情做到最好，一定会的！当然，他也会有一些无法避免的缺陷，别人总会拿这些缺陷跟我做比较，这有助于他们对我的回忆常葆如新。

把我的颈圈、皮带、外套和雨衣遗留给他。以往大家总会带着赞叹的眼光看着我穿戴这些东西，虽然他穿戴起来无法像我那样英姿飒爽，但我深信，他一定竭尽所能地不会把自己表现得像个笨拙、没见过世面的狗。

在这个牧场上，他也许会在某些方面，值得和我媲美。我想，至少在追逐长耳朵大野兔这件事上，他一定会表现得比我衰老时优秀。但我依然希望他在我的老家过得幸福快乐。

亲爱的男主人和女主人，这是我道别前最后一个请求。

无论何时，如果你们到我的坟前看我，借助我与你们相伴一生的快乐记忆，请以满怀哀伤而欢欣的口吻对你们自己说："这里埋葬着爱着我们和我们所爱的朋友。"

不管我睡得有多沉，依旧可以听到你们的呼唤，死神都无法阻止我对你们欢快地摇尾巴。

预定的礼物

佚名

丈夫终于还是走到了生命的尽头。实际上，当医生将癌症晚期的病危通知书交到斯特拉手上的时候，她就已经做好了承受这一切的心理准备。正如之前所预料到的那样，丈夫戴夫走了，这是无法抗拒的。难以名状的孤独围绕着她。她不知道自己的生活将走向何方。

富足而充实，这是他们曾经的生活状态。他们没有孩子，工作又是那样的劳碌，但是他们依旧感到幸福。他们相濡以沫，愉快地过着生活，周围总是围绕着许多朋友。只是这一切都已经过去，成了"曾经"！现在，斯特拉的心是那样的痛苦，她失去了钟爱的丈夫，朋友也一个一个相继离开。大家都已经老了，不再是韶华灿烂的少年。

圣诞节就要来临了，斯特拉再也高兴不起来了。戴夫已经不在

了，斯特拉倍感孤独。今年的圣诞节，她只能一个人过了。

收音机中正缓缓流淌圣诞夜曲，旋律那么优美，可是斯特拉实在无心倾听。她颤抖着枯瘦的手，将音量调低。原本欢快激昂的曲子，这个时候听来忧郁柔和了许多。斯特拉惊奇地发现，地上竟有邮件。她轻轻弯下腰，颤抖着手——实际上关节炎带来的痛楚已经折磨了她好多年——捡起白色的信封。她坐在钢琴凳上，拆开了它。她发现，有好多张圣诞贺卡静静地躺在里面。

圣诞卡上的图画是那样的精美，圣诞寄语是那样的熟悉，是那样的温馨。斯特拉忧伤的眼眸中，情不自禁泛起了些许柔和的笑意。她将这些贺卡放到钢琴顶上。以前她也是这么做的，钢琴顶上叠放得整整齐齐的旧贺卡可以作证。

还有不到一个星期就是圣诞节了，斯特拉没有心情为她的房子准备任何的装饰品。她连圣诞树都懒得准备了。在她看来，怎样都没所谓了。戴夫做的马厩模型还在，可斯特拉无意把它摆出来。

难以忍受的寂寞与孤独彻底吞噬了斯特拉。她双手捂住瘦弱的脸颊，泪水从指缝中渗出来。她心里一片茫然，不知道怎样才能熬过圣诞节，以及此后的漫漫寒冬。

突然，门铃响了起来。它响得那样突兀，让斯特拉忍不住低声惊呼。这个时候还会有人将她惦念吗？斯特拉感到难以置信，她小心翼翼地站在玻璃风门前向外张望，想确定自己是不是听错了。实际上这很有可能。

可是，她看到走廊上站着一个年轻人。斯特拉看不到他的脸，因为他的脸被他手里捧着的大盒子给挡住了。他的身后还停着一辆车，车道上留有清晰的车辙。斯特拉记不起自己在哪里曾见过他。不过她还是把门打开了一条缝隙。那个陌生的年轻人侧身站到一旁，然后礼貌问道："请问，您是不是桑霍普太太？"

斯特拉微微点点头。得到肯定回答的年轻人继续说道："太太，有您的一盒礼物在这里。"

斯特拉好奇极了，她终于拉开了房门，让年轻人进了屋。年轻人小心翼翼地将那个大盒子放在客厅的地板上。他始终面带微笑，这让斯特拉感到安心。紧接着，年轻人将一个信封从口袋里掏出来递给她。

可是就在她去接的刹那，大盒子里突然传出一个声音。她受到了惊吓，立即又变得紧张和戒备起来。年轻人连忙道歉，然后微笑着俯身，将大盒子的盖子打开，请她看一看，让她了解他是没有恶意的。

狗！斯特拉看到了一只狗！更具体来说，那是一只金黄色的、幼小的拉布拉多犬。年轻人温柔地将它抱在怀中，笑着对斯特拉说："太太，这是您的！给您！"

被拘禁的小家伙陡然重获自由，看上去高兴极了，身子不断地扭来扭去。它还伸出舌头去舔年轻人的脸庞，以至于他不得不竭力躲避。这样一来，他说话显得有些不便。

"太太，请原谅！我们不得不将您的圣诞礼物提前送来。因为明天就是养狗场工作的最后一天了。"

斯特拉惊讶极了，她简直都不能让头脑保持清醒了。她不明所以，无法理解眼前发生的一切。她最后结结巴巴地说："但是……我不……我的意思是……谁……"

年轻人将小猎犬放到门垫上，并伸出手指碰了碰她已经接了过去的信封，说："太太，这封信会对您解释一切。事实上，这条狗被购买的时候，它还在妈妈的肚子里呢。它本就是为您预定的圣诞礼物。"

说完，年轻人转身便要离去，他已经完成了他的任务。斯特拉很焦急，问他："但是……先生，请告诉我，礼物是谁买给我的？"

年轻人在门口停下脚步，他回答："是戴夫·桑霍普先生，您的丈夫。"

展开信纸，看着那熟悉得不能再熟悉的字迹，斯特拉的眼睛立即蒙上了一层水雾。她不知道自己是怎么挪到窗边在椅子上坐下的，她以为自己是在梦游。至于那只金黄色的小猎犬，此刻早已经被她忽视了。她擦干泪水，让视线不再朦胧。她迫切想知道戴夫都在信中对她说了什么。

这封信是戴夫在逝世前的三个星期就已经写好了的。他没有将它直接交给斯特拉，而是让那位养狗场的场主转交给她。他嘱咐场主，一定要选在圣诞夜，将这只小猎犬和信一起送到斯特拉的手上。

整封信中，充满了戴夫浓浓的爱恋。他爱她，他的话语永远都那么富有感染力。他告诉她要坚强，鼓励她努力活下去。他提出忠告，希望她不要因为他的离去而悲伤，因为他们终究还会再见，在另外的一个世界。他向她保证自己一定会等她。他也希望，在他们尚未重逢的时候，这只小狗能够陪伴她，给她带来慰藉。

斯特拉读着读着，这才惊觉自己忽略了那只小猎犬。她发现，它一直都静静地陪伴在她的身边。她感到惊奇极了。它呼哧呼哧地喘着气，吐着舌头，俨然一个人正扮着滑稽的笑脸。斯特拉将这小家伙抱进怀里，信被她暂时放到了一旁。小家伙比她想象中的还要轻柔，它软软的毛发，给人暖暖的感觉，就像是一个沙发垫。

斯特拉搂着这个小家伙，小家伙则偎依着她，像是一个孩子偎依着自己的母亲。这般无言的温馨让斯特拉潸然泪下。然后，她轻轻地将小家伙放在膝盖上，十分认真地打量着它，凝视着它。她急切地拭去脸上的泪水，向它露出了温和慈爱的笑容。

"我想我们要一起度过以后的日子了，对吗，小家伙？"她说。

小猎犬俏皮地吐了吐它那粉红色的舌头，看着她，喘着气，似乎在表示附和。她很开心，笑着看向一旁的窗棂。

夜色悄悄地降临了。窗外下着大雪，纷扬的雪花中，隔壁邻居家悬挂在屋顶边缘的圣诞彩灯是那样的明亮。一阵悠扬欢快的《普天同庆》乐曲透过窗户飘了进来，在她的耳际萦绕着。

这一刻，她觉得幸福的潮水包围了她，就像是戴夫的怀抱一般温暖。她的心脏跳动得有些吃力，这当然不是因为孤独和忧伤，因为此刻只有喜悦充盈着内心。

斯特拉又将目光转向了小猎犬。她对它说："小家伙，你还不知道吧，有一个盒子——里面有一棵圣诞树，还有一些装饰物和彩

灯——它就在地下室里，你一定会喜欢的。哦，我还能为你找到那个模型，旧马厩的模型。现在我们一起去找找。这是个不错的主意，你觉得呢？"

她敢确定，小猎犬一定听懂了她的话。它高兴地冲着她叫。她将它轻轻地从膝盖上抱下来，放到地板上。然后，他们朝地下室走去。他们要过一个属于自己的快乐圣诞节，而现在必须为此准备一下了……

我们是一家

佚名

我再次失恋之后，终于决定要面对现实了。我与他相恋了整整三年——在爱情上，我总是那样的不幸。即便我真的不会再对男人抱有希望，也终究无法忍受没有爱的生活状态。我思来想去，觉得养只狗或许是一个更好的选择。

在千挑万选之后，我看中了一只非常可爱的小狗。于是，在炎阳流火的六月的一天，我的家中多了一只小猎犬。它的毛发是那样灼目的金黄。我叫它科格纳克。同其他的小狗没有什么区别，科格纳克也是乖驯温顺、漂亮可爱的。它就这样进入了我的生活，我的生活似乎也变得多姿多彩起来。我纳闷不已：为什么早前没有想到这么好的办法呢？

一个电脑择友俱乐部的会员打电话给我的时候，已经是几天之后了。在与最后一个男友分手之前，我一直都是这个俱乐部的会员，他——打来电话的这位男士——就是在那里得到了我的名字。

我并不认为俱乐部中有能够给我留下深刻印象的男子，以前的经验已经向我证明了这一点。不过，这一次电话里的畅聊让我感觉还不错。从与他的谈话中，我知道他是一个已经退伍的空军技术军士。我对他磁性的声音有一种莫名的喜欢。

我想，也许这个叫布拉德的男子会有些与众不同。于是，当收到他的邀约之后，我没有拒绝。次日黄昏以及公园湖边，这就是他约我见面的时间及地点。就是他不约我，我也要到那个公园陪科格纳克散步的。既然如此，见一见他似乎也没有什么不可以。

当我来到约会地点的时候，便试着搜索一位短发、肤色白皙而又极具军人气质的男士。可目光逡巡了一周，我失望了。公园中并没有符合这般特征的男性——倒是有一位肤色白皙、丰神俊逸的长发男子。

"请问，您是简小姐吗？"他问。

我们彼此做了简单的自我介绍，然后愉快地进行了交流，而科格纳克的热情无疑让气氛更加融洽与和谐。它一会儿亲昵地扑向布拉德，抱住他的腿，一会儿又绕着他不断转圈，将小小的身子扭来扭去。

我们开始沿着湖边散步，路人的视线常常被科格纳克牵引。走到一半的时候，布拉德很自然地从我的手中将科格纳克的皮带接了过去。他牵着它，我们一起散步，就仿佛我们已经是认识了很久很久的朋友。我们的谈话无疑是非常愉快的。

我们的关系发展得比预想中的还要顺利。只过了三个月，布拉德和我就开始频繁在一家餐馆约会。那是一家很有特色的餐馆，你点菜的时候，服务员会很贴心地递给你一支彩色炭笔，而每一张餐桌上都会预备有纸张。这样，等待上菜的时间你就不会感到无聊。画张画，或者写首诗，都是很不错的消遣。

"刽子手"是我与布拉德都很喜欢玩的一种猜字游戏。这天我们像往常一样在上菜前玩这种猜字游戏，可很快我便发现那些跳跃的字母，那些被猜中的字符，拼接成了这样的一句话："简，你可愿意成为我的新娘？"

我错愕了一下，旋即深深地吸了一口气，看向布拉德，问他："你确定你不是在开玩笑？"

"不，当然不是！我很认真，我确定！简，你的答案呢，是什么？"布拉德看起来很紧张，眼睛也分外明亮。

我拿起一支彩色炭笔，将一个大大的"YES"写在了纸上。这之后，我们就那样对坐着，静静地凝视着对方。良久，才彼此展颜微笑。当然，那之后，婚礼的筹划成了我们唯一的话题。

值得商榷的细节很多，然而有两件事却是我们一开始就达成共识的：第一，婚礼的举办地点必须是在户外；第二，我们的婚礼上，绝对不能缺少科格纳克这个小家伙儿。

婚礼那天天高气爽。科格纳克戴着白脖套，打着漂亮的紫缎蝴蝶结。当他出现在我们的婚礼上的时候，伴娘们都惊呆了，开始怀疑我们是不是疯掉了。她们穿着带滚轴的鞋子跑来跑去，尽量避免让那漂亮的深色裙服沾染上科格纳克金黄的毛发，但我还是不得不说：这么做，纯属徒劳。

科格纳克在婚礼上做什么呢？将一只心形的精致花篮叼给布拉德，这就是我们给它的任务。要知道，里面有我们的结婚戒指啊。它被放在篮子里的心形靠垫上，戒指就由金属线固定其上。虽然我们很愿意相信科格纳克的聪慧，但我们也不得不做好它将篮子叼到泳池去玩耍的准备。防患未然还是必需的。

在伴娘的引领下，我缓缓走向来宾。这时，我心慌起来，因为两只手并不够用！你瞧，我一只手抱着花，一只手握着科格纳克的皮带，而装着戒指的篮子也需要我来提着。这该怎么办呢？或许我可以让科格纳克接过篮子，但十有八九它会将那当作信号；这是早已经训练过多次的，他会将篮子叼着送给布拉德，同时拽着我跑。这样一来，我设想的登场效果难免要遭到破坏。

不过，庆幸的是，我最终还是顺利地从来宾夹道之中走了过去。然后，我解开了拴住科格纳克的皮带，将篮子递给它。它迅速地向布拉德冲去，金黄色的耳朵甩在后面，那矫健的身姿漂亮极了。它好像在追赶一只兔子。来宾们啧啧称奇，将惊呼、赞美送给我们的"戒指使者"。科格纳克将篮子送到布拉德面前，它静静地看着布拉德，有些气喘。它仿佛在等待着布拉德的夸奖。

当布拉德俯下身拿戒指时，科格纳克做了一个出人意料的动作：举起金黄的前爪，非常郑重地搭在布拉德的手上，像是在说"加油，布拉德"！

　　这一幕，深深地打动了在场的所有来宾，即使不是所有人都喜欢狗。哪怕是到了现在，时间已经让记忆变得模糊，我们在哪一年结的婚，结婚时我穿的什么衣服，他们或许都已经淡忘；然而，科格纳克和我丈夫握手的那一幕，他们仍然记忆犹新。

　　在我看来，那是我们一家共同的新生活的完美开始，就像我曾无数次希冀的那样——布拉德和我……还有一个科格纳克。

叭儿狗与仙人球

秦牧

最近我参观了一个富丽典雅的客厅。

这客厅，墙壁上挂着几幅主人祖宗的油画像，身穿天蓝色箭衣，外罩紫酱色马褂，帽上有顶珠，足着粉底朝靴，正襟危坐的是主人的祖父；凤冠霞帔，耳环玉佩一应俱全，因为表情太紧张弄得嘴巴有点窝斜的是主人的祖母；穿民国初年的所谓燕尾礼服，一只手拿书，一只手拿礼帽的是主人的令尊……主人听说很崇拜孔子，但在他的私人客厅之间，那个道貌岸然的山东老头儿可别想窜进来……这之外，墙壁上的字画，有隶篆草书，有国画正宗的水墨画，有工笔的"美人修竹图"，总之很是古雅。此外，波斯地毯铺在大厅中心，楠木桌子上陈有雨过天青大瓷瓶，不是乾隆的就是雍正的。不用说了，这客厅，看来与几十年前巨宅大户中的并无分别，但时代毕竟不同，在厅角里，也有牛奶色的冰箱在闪光了！主人，虽说动不动就搬出"曾文正公",而且据说经常在养其浩然正气;但行为却不很古雅,例如他对于做美钞生意便真是兴致奇高,他又爱赌,更善于批评人家的思想欠纯正,他虽然还带着死去祖宗的气味,但已经扮相漂亮,不失为民国三十四年的人物了。

这客厅,就像一个穿着弓鞋的女人忽然登台表演草裙舞似的,她自己不尴尬,却使你一看了就肉麻,这客厅,真所谓纤尘不染,阴沉,死寂;小孩子在这儿"哇"一声,立刻就有大手掌把他提走。除了搓麻将声,念佛吐痰声,弹指甲声,打呵欠声,讲大道理声,是很少有其他声音了。

起初,我以为在这儿生来成长的,除了主人一系的人物外,没有其他生物,但仔细视察,大谬不然,原来还有一头叭儿狗,还有两盆仙人球,在无生气的客厅里点缀风光,这叭儿狗和仙人球太需要介绍了,我所以噜噜唆唆写了一大堆那客厅的物事,无非想让大家知道这叭儿狗和仙人球是生活在怎样的境地里罢了。

主人的叭儿狗生得十分娇小玲珑,比一只野猫还要小,它毛片柔长鬈曲,躺在波斯地毯上就像一个毛球,眼球圆圆的凸在眼眶以外,腿短短的,格外便于跳跳蹦蹦,它的桐叶似的耳朵垂下来,鲜红的舌头经常伸出半截,它的扁鼻子和迷惘的眼睛很足以引逗老爷太太的爱怜;它是那样的小,小得使人想起传说中的"墨猴"。北京,那帝王和奴才总管辈出的地方,贵显们豢养的"北京狗"是那样小,民间生长的"北京鸭"又是那样大,前者小到有的被称为"袖子狗""龟壳狗",小到非洲的美国大兵拿来放在衬衣里头;后者却大到可与白鹅媲美，确是一件趣味深长的事。我细细研究主人那头叭儿狗，慢慢地明白它被爱宠的原因了，它听话呀！叫它直立就直立，叫它打滚就打滚，你截掉它的尾巴，它就长出一根向上弯曲的令你满意的尾巴，正像你剪掉百灵鸟的舌头，那百灵鸟慢慢地就会讲出令你悦耳的语言，凭这点狗的"德性"，还不惹人欢喜吗？慈禧太后曾用充满情爱的语气，在女官面前评论过哈叭狗，说："这种狗的身量都是很小的，所以它们决不能守夜或做别种工作，它们只能供人们搂在怀里，或捧在手内，当一件可玩意儿玩玩。"在我所看见的大客厅里的叭儿，它的最大的本领就是娇声娇气地向客厅以外的生人们吠，在主人面前团团打滚，表示它的"人生"异常愉快，它对这个客厅视如天府，它的样子又是那样的温和，兴奋，忠实，不偏不倚……它除了每天闻闻主人的脚臭以外，每天半斤牛肉是十拿九稳的了。

　　和这柔若无骨的叭儿成为鲜明对照的，是这客厅的另一角，短几上的两盆仙人球，不是那巨大的雄峙的仙人掌，而是拳头大小，永不长大的仙人球，两个小小的瓷质花盆上，各自培植着一个，它苍翠碧绿，"球"身上生满了刺，从它的样子看，它英雄独立似的，像煞有介事似的，严正不阿似的，有胆量敢刺人似的……其实，它不过是主人客厅里的小盆景，用它的剑拔弩张的姿态来点缀这寂寞的客厅罢了！只要主人吐一点点口水就足以维持它几天那英雄兼丑角的生命，我看见主人常常托起那小瓷盆，鉴赏他的培植物"威武不屈"似的姿态，偶尔也伸出长指甲，捻掉了他认为生得不顺眼的刺，"英雄独立"的仙人球这时当然毫无反抗，已不像玫瑰的刺似的，为了保护明丽的花，也不像黄槐的为了保护雄壮的枝干，"刺"对于仙人球，不过是使它能成为主人的小盆景的一件装饰品罢了。正当有人指摘主人的客厅不免太寂寞无声缺乏生气时，主人就指指他的叭儿狗和仙人球说："瞧！这不是生意盎然么？这是北京的名种，这是上苑的珍品……"

因为名种和珍品给我以太多的幽默感，所以不管重庆的气候如何热得使人发昏，我挥着汗，喘着气，也得给你介绍了。

狗和褒章

俞平伯

（一）

太阳斜了，黄澄澄晒在地上，好像恋着什么似的。冷风溜溜的刮起些灰沙树叶。一个胡同里站着两扇不黄不黑的破大门，漆大半剥落了，只两位"神荼郁垒"门神爷的尊容，花花绿绿隐隐约约还有些辨得出，门框上的春联都泛白了。屋顶长满了野草，秋风吹黄了它，剩得枯茎在那里颤动。这样寂寂的晚秋傍午，没有一个人儿点缀着！当！当！当当！远远送来卖糖的声音。

呀的门开了，接着叮铃铃几响。从门缝里跳出一只乌云盖雪的小哈叭狗，圆脸儿，矮腿儿，拱起鼻子，圆睁着漆黑眼睛，挂一串小铜铃，空地上乱跑。

"花儿！花儿！"半开的大门台阶上一个老女人喊道。

五十多岁的她，牙齿掉多了嘴瘪了，白发挽个椎髻儿，穿件长过膝的老羊皮袄。

它着魔似的听她一叫，马上跑到她脚边，伸出前爪立起来扑着抱着，显出亲热的样子。

"讨厌！"她略略动了一动腿。但是她立刻弯腰捡它起来，搂在胸口，用手顺它的毛片，黑搭白透亮的毛片。花儿也安静了，不像从前的淘气，伏在她臂弯上，慢条斯理的又软又沙的叫唤，慰它主人的寂寞。

一阵风呼呼掠过。她觉得有点冷，侧转脸偎它的毛茸茸的耳朵，呆坐在大门槛上。

太阳落山了，灯火上了，他俩过去了；两扇门又悄悄的紧掩着。

（二）

有一天傍晚，张二和他老婆两口儿闲谈。炉火正旺，青越越直窜，照他们的脸。

"雨农告诉我，褒章快下来了。"张二靠在椅背上说。

"谢天谢地！她天天盼着呢！都快想疯了！"她回答。

"可不是吗！姑姑这样心高气傲的人，苦了一世，——在前清时代还有块牌坊，现在连银皮都这样珍贵！那时候她望门守贞，方只二十多岁。爷爷含着眼泪说：'做得好！做得好！真有志气！'我虽年纪小，还有点记得呢！"

"她真是个好人！见了男人就是亲戚也躲得远远的，更别提说话了。前几时，她很张皇对我说，有个这样那样的人，天天守在咱们的门口，是为她来的。我劝解了半天，告她绝没有这回事。她笑了笑，也似信不信的。"

"她就是疑心病多……"

他话没说完，厨房里嘡的一声，她飞奔出去。

"花儿偷猪肝吃！"她一路追一路嚷。

"一点猪肝算了罢！她又要多心！"他说。

"晚上带着睡，整天捧在手里，花儿就是她的命！天天肉和猪肝喂它，比人还吃得好。我们认晦气罢！看她猫儿狗儿伴一世！"她重过屋来，喘着气说。停了半晌，他俩又谈到别处去了。

（三）

三间北屋，黄渍的纸窗下得严密。房中间摆个白灰炉子，熬着一罐药，蒸气散开来，蓬蓬的沸着。窗口半桌上，有一盏玻璃洋灯点着。

她围着被坐在床上，背后靠着两个枕头。老丑的颜色泛出惨白病容，格外憔悴。垂着头——无可再垂了——下颏碰着胸脯。稀稀如银的发挂在耳边。两个失神的眼睛，呆呆盯在床沿上。

接触她的视线，一只小狗蜷在被窝半边，也不叫也不跳，好像也是病恹恹的。

她不久重躺下了，时时伸出头来瞧花儿。停一忽儿，眼珠转了几转，又好像不看什么，她想起一点事情来了——久没有想过的事！撒开的几十年的心事，重新唤起在她的脑海。死透的心，沉细如游丝般的蠢动。这是什么缘故呢？有点奇怪！看！枯干的眼中滚下泪珠。

她虽闭着眼，但彻夜没睡。灯越发黄了，窗上透些青白，天快亮了。花儿也起来，可爱的吠声还振动她的耳膜。这是最后的振动！是的？不是！她还等着呢！等一件希望的事。

太阳高了，小屋子里还一切照旧没有变动，她很安静躺着。

张二，她的侄儿，手拿一个匣子在门帘缝里探头张望。被她看见了，点点头，意思叫他进来。张二走到床面前，打开匣盖，露出黄间白的丝绶，辉煌雪白镂花的一块东西。

"这是今天才发下来的，你老人家的褒章。"张二说。

她好像耳朵聋了没有听见，一声的不响。

"褒章！"张二高声说。

她瞪着眼睛，伸出颤动枯瘦的手问他要。张二把褒章放在她手里。

她眼睁得格外大，还想进出一句话来。但是太晚了——可怜！喉咙里咯咯几响。她一生最后的一秒钟已到了！真到了！

一片——人的哭声，狗的叫声。她依然静静躺着，手里紧握黄白的绶，银质的褒章。她的灵魂跟着这小小一块东西去了。仿佛说道："什么都完了！花儿！我现在不用你了！"

心中爱犬

琦君

我并没有真正养过狗，却先后丢失两只狗。这话怎么讲呢？原来是，第一只狗是房东的，在一个冬天的晚上，她送我到汽车站，房东不小心把它关在门外，就此不见了。我担心它一定是进了香肉锅，为它难受了好多天。不久朋友送来他邻居的狗，托我代养。对我来说，也是慰情聊胜于无。偏偏它又特别顽皮捣蛋，外子非常地讨厌它，就悄悄地把它送回去了，又使我嗒然若丧了好几天。

一个对小动物没有兴趣的人，是无法体会爱小动物的心情的。我爱猫，爱狗，甚至对过街的老鼠都不讨厌。猫养过三只，都不得善终，搬住公寓以后，便断了养猫的念头。至于狗呢？我是无论如何想养的。我把养狗列为退休后的重要项目之一。

我的好几家邻居都有狗。有的甚至一家大小数口，人各一只。清晨，傍晚，祖孙三代牵着在巷子里遛，阵容非常浩大，叫我这没狗的人好不羡慕。它们中有的是高视阔步、气宇轩昂的狼狗。主人特地为它请一位"驯狗师"，教它跳、坐、握手、咬人等等动作，每月敬师五百元。训练完毕以后，大门口就得挂起"内有恶犬"的牌子，拒人于千里之外。

另有一种是面目狰狞却是心地良善的拳师狗。你可以跟它打招呼，它倒不盛气凌人。更有一种是四肢短短、鼻子扁扁、专供玩乐的北京狗，听说它身价万元，饮食定时定量，时常地伤风打喷嚏，得给它打针进补，天气稍冷就打哆嗦。这几种狗，看来也只是富贵闲人才养得起。

只有一只名叫"哈利"的可怜巴巴的丑小狗，这有家等于无家。因为主人并不爱它，每天一大早就把它关在大门外，它在巷子里惶惶然踯躅着。鼻子上面永远有一块红斑，是想回家在门槛下空隙处碰的伤。比起那几只有主人陪着它一起散步的狗，它可说命运很不好。过去巷子转角有一个鞋匠，时常拿冷菜剩饭喂它，还替它洗澡，它就把鞋匠当作第二主人，每天在他脚边相依相守，一脸的忠厚相。

我走过它身边，拍拍它，它亲热地摇摇尾巴。晚上鞋匠收摊了，它只得回到自己的家门前，主人才放它进去，因为要它看门。我有时招手叫它过来。它走到我门口，犹疑一下，还是掉头回去了。那个家再怎么缺少温暖，究竟是它自己的家，狗是不会见异思迁的。

最近鞋匠搬走了，哈利失去了它的朋友，天天坐在家门口，垂头丧气的样子。狗若能言，或我能通狗话，它一定会向我倾诉满心的委屈吧。我不懂，不喜欢狗的人为何养着狗？养了狗又要虐待它，这种心理是否和虐待童养媳是一样的。

记得几年前在报上看到一篇"文章"，作者说她因朋友送她一只名犬，乃将一只无法治愈的癞皮狗弃之门外，任它悲鸣多日而后失踪。这满心以为她为忏悔而写此文，没想结尾处是非常得意于她自己的理智的选择。我读后几乎为那只命运悲惨的癞皮狗掉眼泪，因此在街上看到癞皮狗都格外同情。

有一次，我在车亭等车，忽然来了一只瘦瘦小小的狗。我看它鼻子黑黑，眼睛亮亮的好可爱，就蹲下去逗它玩，它友善地坐下来陪我。车子来了，我舍不得上，一连过了三辆车，我不得不上了，狗也表示要上车的样子。乘客们还以为是我的狗呢。

外子说我前生一定是狗，所以今生仍带狗性，此话我听了最中意。我倒不想有"慧根""佛缘"之类的美称。有狗性，有第六感，能与狗建立最好的友谊，我就很引以为豪了。

还有半年，我就可以无"职"一身轻了，到那时，第一件事就是养一只善解人意的狗。我不要什么拳师狗、北京狗等的名种，我要一只平平常常的土狗就行了。我幼年时的伴侣小花小黄都是土狗，却都非常聪明、忠心。我也不要给它取什么"拉克""弗兰克"等的洋名字，我要叫它"弟弟"或"妹妹"，视性别而定。

我和我的孩子都要全心地教养它，使它获得不爱狗的外子的欢心，使外子相信狗会给他带来许多梦想不到的乐趣。比如你看报或工作时，它会静静地待在你身边；下班回来，一到家，它会给你衔拖鞋；至于握手、起立、坐下等基本动作，都用不着花五百元请老

师教，因为我有把握教得会。我曾把一只土猫教会衔纸团到我手心来，狗是更不必说了。

人是免不了有不快乐的时候，也有寂寞的时候的。在你最最不快乐，或真正感到寂寞的时候，只有狗才是你最最好的伴侣。你不用跟它说一句话，彼此默默相对，这忠实的眼神望着你，就能为你分担忧愁。

狗，多可爱的小动物，我多么希望有这么一个寸步不离的好朋友。可是现在我还不知道它在哪儿。也许它还未来到人世，也许它已经出生了。有时我走过狗店，看看笼子里挤在一堆的小狗，我向它们招呼，每只小狗都来闻我的手指尖，呜呜呜地叫着，仿佛在说"收养我吧"。为了目前的环境难兼顾，只得按捺下爱犬之心，等待哪一天，佛家所说的"缘分"来到。到那一天，一定会有一只矮胖胖的乖小狗，摇摇晃晃地闯进我的生活的。

阿黑

徐钟佩

据杂货店的老板娘告诉我：阿黑已经两岁了，阿黑出生后一个月就到她家。

阿黑是一条黑狗，浑身漆黑，毛头不整，全无光泽，也许它身上也有八分之一或十六分之一的洋狗血，但是看上去，却土头土脑的，全没有半点洋气，它的主人必然也知道这点，所以在我问她"这是你们的狗？"时，她歉然说："是一个朋友硬给我们的，我对我的老板说，要养狗，也养只好看些的，这种蠢狗看着也讨厌。"

一

自此我常见到阿黑。老板娘有一个周岁大小的女儿，早上生意忙，她总是把女儿放在坐车里，夫妻两个，忙着张罗顾客，那时总是阿黑坐在车旁。车里的孩子，把手抓它的耳朵，拉它的毛，摸它的眼睛，阿黑却从不动火，还不时伸出舌头来舐她的小手。

有时老板称粉条，装酱油忙得容易动肝火，阿黑就成了他的出气筒，走过坐车，就赏它一脚："死讨厌，躺在这里碍手碍脚的。"阿黑也一声不响，走避一旁，等主人转身，再过来坐在小主人车旁。

一天我经过杂货铺，看见老板对阿黑拳足交加，我禁不住上前动问，我说："干什么你这样把它毒打？""我不杀它算是好的！"老板怒气冲天："今天早上，我一个亲戚来买面，刚好是他家有人过生日，我一定不收他的钱，他硬要把钱塞给我。正在拉拉扯扯时这畜生不分青红皂白，把我那亲戚就咬一口。幸好只把他裤管咬了一个洞，没有伤皮肉，你看它该打不该打？"说着又补了两脚。

阿黑吓作一堆，尾巴夹在屁股里，连叫也不敢叫一声。我为它解释："打了几下就算了，它也是好意，还以为你和你亲戚打架，所以上来帮你。"

老板大概也累了，乘势收场，阿黑夹着尾巴，默然走进店去。

这件事发生后没半月，我走过杂货铺门口时，老板娘突然把我叫住："要不要进来看看我们新来的洋狗？"我探头进去，柜台旁边坐的是一条洋狗，一身黄澄澄亮晶晶的，四脚脚尖带些白点，伸着舌头，竖着耳朵，雄赳赳气昂昂的。

老板娘指着它对我说，"这条布朗好看多了。我是除非不养狗，要养，就要养好看些的。"

那条叫布朗的洋狗俯下头去，舐着它女主人木屐里的脚趾尖。

女主人带着一脸的骄傲又对我夸耀:"我是傻瓜,记不清楚,早上老板对我说,它是英国一种什么种,反正是上好洋狗。"

我对这新来的洋狗浑身打量,姿态毛色的确都不差,我也忍不住走进去对它伸出手来。它看见我伸手,也把前脚伸出来搭在我手上。老板娘笑得前仰后合的:"不是吗?"她对我说:"这叫握手!"

给她这一笑,隔邻和对门的几个老板都走了出来:"它还会握手?"大家异口同声地问,经我和老板娘证实后大家都伸出手去,争和布朗一握。

在我正要回身退出店门时,忽然看见在这群人背后的阿黑。它也想跻身进来看热闹,却又怯懦的不敢上前,我拍拍它:"你有了伴了,阿黑。"

老板娘就叫:"阿黑,过来!"接着却又把它一脚踢开:"滚远些!"她对它高骂:"我看见你就生气,一身蠢相。只会咬人,你会握手吗?"布朗也抬头看见阿黑,站起来想和它亲热,阿黑却似乎自愧不如,一步步直往后退。

四邻大笑起来:"这阿黑真不中用。"老板娘却例外地帮阿黑说了几句好话:"别瞧它这样,夜里守门倒还好。"我正想说:"你倒还算公平。"谁知她又接下去:"你们哪位要它,我就奉送,它也会看看门,不光是吃白食。"

隔壁水果店的老板鼻子哼了一声:"你自己有了好狗,就把蠢狗往外推,老子要养,也要养只会握手的洋狗。"大家都笑了。

其后我就不常看见阿黑,为探它的行踪,我到它主人店里去买些东西，我四面一看，阿黑不在，布朗也不见，我搭讪着问老板娘："怎么两只狗都不在家？"

她笑了说："老板带布朗出去散步了。阿黑现在给我关在后面，省得它出来疯。"我乘她包东西时，溜进店后，想看看阿黑，却是四面找不到它的踪影。我回身出来，忍不住又问："刚才我到后面去，没看到阿黑。"

"你倒记挂它。"老板娘笑着抱起小女儿领我走到厨房，用不着我找，阿黑已经闻声而出，前脚纵起，用脚爪直摸老板娘手里的孩子，老板娘直说："滚开，你脏死了。"

阿黑依然旧样，在我浪漫的想象里，我以为它一定垂头丧气，骨瘦如柴，谁知它见人依然摇头摆尾，丝毫没有介意主人对它的歧视。

这样我也就对阿黑放了心，我开始喜爱布朗，每次见它也和它握握手，逗它玩。阿黑的影子，渐渐在我心里隐去。

端午节前我经过杂货店门口时，忽然又看见了阿黑，而且蹲在它身旁的，竟是它的男主人，他正在替它套上狗索。阿黑摇着尾巴伸着舌头，不时舐它主人的手，一副受宠若惊的样子。

我站在一旁，看它跟着主人，跳跃而去。我问它女主人："今天怎么轮到阿黑出去散步了。"

"不！"她双手连摇："这只阿黑，一天要吃上三碗饭，米粮太贵，我养不起它，又没有人要它。昨天老板和一个朋友讲起，他朋友说这种狗要它干什么，不如宰了。那朋友狗肉烧得五味喷香，不信你明天早晨来尝一块。吃了狗肉不生疟疾的。"

她若无其事地又去忙着张罗其他的主顾了，我却茫然若失，三脚两步地走出店门，直奔老板刚才去的那条大道。

那时夕阳已沉，路上只有疏疏落落的几个行人，公路转弯处，我依稀看见一只摇头摆尾的黑狗身影，但是暮色苍茫，也不敢断定它是否一定是阿黑。

天堂门前

闻栽

一天，一个盲人带着他的导盲犬过街时，一辆大卡车失去控制，直冲过来，盲人当场被撞死，他的导盲犬为了守卫主人，也一起惨死在车轮底下。

主人和狗一起到了天堂门前。

一个天使拦住他俩，为难地说："对不起，现在天堂只剩下一个名额，你们两个中必须有一个去地狱。"

主人一听，连忙问："我的狗又不知道什么是天堂，什么是地狱，能不能让我来决定谁去天堂呢？"

天使鄙视地看了这个主人一眼，皱起了眉头，她想了想，说："很抱歉，先生，每一个灵魂都是平等的，你们要通过比赛决定由谁上天堂。"

主人失望地问："哦，什么比赛呢？"

　　天使说："这个比赛很简单，就是赛跑，从这里跑到天堂的大门，谁先到达目的地，谁就可以上天堂。不过，你也别担心，因为你已经死了，所以不再是瞎子，而且灵魂的速度跟肉体无关，越单纯善良的人速度越快。"

　　主人想了想，同意了。

　　天使让主人和狗准备好，就宣布赛跑开始。她满心以为主人为了进天堂，会拼命往前奔，谁知道主人一点儿也不着急，慢吞吞地往前走着。更令天使吃惊的是，那条导盲犬也没有奔跑，它配合着主人的步调在旁边慢慢跟着，一步都不肯离开主人。天使恍然大悟：原来，多年来这条导盲犬已经养成了习惯，永远跟着主人行动，在主人的前方守护着他。可恶的主人，正是利用了这一点，才胸有成竹，稳操胜券，他只要在天堂门口叫他的狗停下就可以了。

　　天使看着这条忠心耿耿的狗，心里很难过，她大声对狗说："你已经为主人献出了生命，现在，你这个主人不再是瞎子，你也不用领着他走路了，你快跑进天堂吧！"

　　可是，无论是主人还是他的狗，都像是没有听到天使的话一样，仍然慢吞吞地往前走，好像在街上散步似的。

　　果然，离终点还有几步的时候，主人发出一声口令，狗听话地坐下了，天使用鄙视的眼神看着主人。

　　这时，主人笑了，他扭过头对天使说："我终于把我的狗送到天堂门前了，我最担心的就是它根本不想上天堂，只想跟我在一起……所以我才想帮它决定，请你照顾好它。"

天使愣住了。

主人留恋地看着自己的狗，又说："能够用比赛的方式决定真是太好了，只要我再让它往前走几步，它就可以上天堂了。不过它陪伴了我那么多年，这是我第一次可以用自己的眼睛看着它，所以我忍不住想要慢慢地走，多看它一会儿。如果可以的话，我真希望永远看着它走下去。不过天堂到了，那才是它该去的地方，请你照顾好它。"

说完这些话，主人向狗发出了前进的命令，就在狗到达终点的一刹那，主人像一片羽毛似的落向了地狱的方向。他的狗见了，急忙掉转头，追着主人狂奔。满心懊悔的天使张开翅膀追过去，想要抓住导盲犬，不过那是世界上最纯洁善良的灵魂，速度远比天堂所有的天使都快。

所以导盲犬又跟主人在一起了，即使是在地狱，导盲犬也永远守护着它的主人。

天使久久地站在那里，喃喃说道："我一开始就错了，这两个灵魂是一体的，他们不能分开……"

怪犬

[波] 扬·格拉鲍夫斯基

一个深夜，我在墓地里发现了杜舍克。它被人用一根皮带拴在树上，已经奄奄一息。我割断绳套，仔细看看这条狗，总的说来还不错：毛茸茸的，是条花狗，尾巴被砍掉一截。尽管它多半像看家犬，但从前它冒充过硬毛狐狗。我把它带回家，根据我俩相识的地点，我就把这条狗叫作杜舍克。

狗有各种各样。有善良的，凶恶的，聪明的，愚蠢的。但是我从未见到过狗的家族中竟会有像我从墓地里捡来的这种坏蛋！

到我家的最初几天，杜舍克总是睡觉，这是我们共同生活的日子里最幸福的时期。因为杜舍克一睡醒，就开始吃东西。无法想象这条狗一口气能吃光多少东西：一顶细毡帽、一双新便鞋、一本拍纸簿、两卷很厚的百科全书——这些都仅仅是它的甜食而已，接着又去吃地毯和两把鞋刷！凡是它的牙齿能接触到的东西都会消失得无影无踪。最后终于查实，杜舍克吃掉了一条毯子和两只羽毛枕头，于是它被囚禁在铁丝网围成的栅栏里。

我松了一口气。但是没过几天，杜舍克就在栅栏下面打了一个洞，逃出牢笼。早晨厨房门刚打开，发现它已经在那里。它的嘴脸都沾满了羽毛。毫无疑问，它追捕过鸡。又是侦查，又是审讯。在刺李丛中发现邻居家的一只被啃掉肋部的公鸡。

真胡闹！原来，死掉的鸡是我的邻居最钟爱的公鸡，这是她流着伤心的眼泪证实的。

公鸡事件是乱杀无辜的开始。这条狗为我在全城树敌。我无法在街上出现。每走一步都会有人向我诉说杜舍克的罪状。总之，这是我一生中所拥有的"最珍贵"的一条狗！

春天已经来临。杜舍克开始从家中消失。它傍晚回家，昏昏沉沉地爬进狗窝。我们感到有些奇怪，这条贪食的狗连午饭也不吃，但杜舍克看上去气色很好：毛色闪光，发亮。显然它没有挨饿。

一次有人发现，杜舍克在节日里足不出户，而且证实，在星期日它还偷吃了厨房里的肝，而且在一个节日里它拖走了几块肉饼。这么说来，它只是在平日里才忙忙碌碌。那么在哪儿忙，忙什么？这条没良心的狗在干什么？

有一次我到街对面去，那里在造房子。泥瓦匠们正坐在一堆木板旁吃午饭。我一看，这是什么东西？杜舍克前腿举起，用后腿走路，从一个人走向另一个，真是阿谀奉承之能事，还要着各种滑稽可笑的把戏。因为它的表演，它时而得到一块面包，时而获得一根骨头，时而又有一小块肉。而且总是见机行事。最后，当它认为这里再也无利可图，就另投门路。

杜舍克消失的秘密就此真相大白。无论何处劳作——田里、建筑工地或菜园里——杜舍克都会出现在那里。它离城数公里来到维斯拉——到砍伐柳枝的工人那里去。而且还有人在城外很远的地方见过它：那里正在修建铁路，所以有几十名工人在干活。杜舍克常来常往。它不得不行迹匆匆，以便能及时赶到，不错过吃点心的时间。它到处赶场，到处乞讨。

这条流浪狗、意志薄弱的狗，以吃为生活中唯一目标的狗，具有人的一个弱点——喜爱音乐，爱得发狂，爱得忘乎所以。只要有人弹钢琴或唱歌，杜舍克就像从地下钻出来一样出现在他的面前。它坐下，倾听，并努力记住那首曲子。一旦它认为已经掌握这首曲子——它自己就唱起来。先是小声唱，很羞怯，然后越唱越响，越唱越悲。最后它就头向后仰，放声大哭，哭声如此钻心，如此悲伤，仿佛它把自己狗的全部忧伤都注入这首悲哀的曲子。

它对音乐的爱好非常固定。它爱洪亮的、节奏感强的进行曲。我们有一张唱片——一首豪放的进行曲——用家里的话说，是杜舍克的唱片。只要一放，杜舍克立刻就会出现。它尽量靠近留声机坐下，倾听，随后开始伴唱。它舔我的手、脸，希望我们再放一遍，而它通常则是容不得柔情蜜语。唱片一停，它就用爪子去推，发出哀嚎，发出阵阵尖叫声——恳求重新再放。为了这首进行曲，它常常忘掉一切，甚至忘却自己的郊外之旅！

对军乐的酷爱也迫使杜舍克与我们永远分离。

事情是这样的：我们的城市来了一个军乐团，在夏季大演练的途中在我们这里逗留一天。一清早，所有的活跃分子都迅速赶往将要举行阅兵式的广场。

当然，杜舍克是少不了的。

广场并不大，像小城市常有的那种——场上拥满了好奇的人。药房附近的人行道上站着军乐团的指挥人员、市政要员和地方上的显贵。大家情绪激动而高涨。管乐队突然奏响。杜舍克失去了理智。它冲上前去，推开一些妇女，钻入一个拿伞的老爷爷的胯下——那老人一下子整个身体直挺挺地摔趴在街上。有个人踹了杜舍克一脚。狗从正在行进中的士兵脚下直接跳上人行道。它奔向小号手，跑到高声吹奏大喇叭的士兵跟前，然后突然唱起歌来！唱得很响，很刺耳！它有生以来还没有像这样扯着嗓子唱过。它的叫声简直压倒了乐队。除它那极其凄惨的叫声外，什么都听不见。

真荒唐！市政要人面色剧变。这是全城的耻辱！这是怎么回事？这里是充满节日气氛的喜庆场面，而这条狗却像报丧似的乱叫。乐队指挥大发雷霆。乐手们一边吹奏，一边还要亲自尽力用一只脚去踹那条狗，而它则在他们的脚下转来转去并且发疯般地乱叫。有个人冲过去抓杜舍克。但是，谈何容易！狗像条泥鳅钻来钻去，一面逃避，一面"唱歌"。哎呀，它当时唱得多起劲啊！

检阅结束后，杜舍克精疲力竭地回到家里。它感到生活乏味，痛苦不堪。于是杜舍克就成了一名流浪演员。

有朝一日，如果您能看见一条毛茸茸的看家狗——每当乐队奏起进行曲，它就会像光临宴会一样，竖起尾巴桩子跑在军乐团的前面，不停地叫喊——您就能更好地看清它的面貌。我不保证，这不是我的杜舍克。不过要提醒您，别碰它，也别叫它过来。否则，您还没来得及喊一声，它就会果断地把您家里所有的东西——从细绳子到钢琴——彻底吃光。

（傅俊荣，吴文智　译）

那年那月那狗

张 蕾

这个关于一条小犬的真实故事我听过好多遍了。

奶奶讲述过，父亲讲述过，从老家来的亲戚也讲述过。他们讲故事时的神情都是那么平静，语速都那么舒缓，思绪都会飘得那么悠远，飘回了半个世纪以前，华北平原的那个小小的村庄……

这一切都会让你觉得他们不是在讲小犬的故事，而是在怀念一位故去的老友。

那是1950年夏天，爷爷服从了组织的安排，携奶奶到北京工作。当时只有5岁的父亲随了太爷爷生活在这个叫作大河的村子。太爷爷在当地行医，是个远近闻名的好郎中，父亲是他最为宠爱的长孙。太爷爷为了哄孙子高兴，经常趁出诊的机会不知从哪里弄来些当地绝无仅有的物件送给父亲玩儿，诸如会唱戏的留声机和光可鉴人的唱片、能写字画画的小黑板和彩色粉笔、伏天里躺上去又光滑又凉快的竹子床和竹子躺椅，还有就是这只长得像小卷毛狮子一样的小犬。说她也算稀罕物，是因为当地家家喂养的看门护院的土狗都长得一个模样，人们认为狗就应该长成那样。当这只小狗被太爷爷带回村子时，几乎轰动了全村。家家的孩子奔走相告，挤在院子里看"耍狮子"。

现在，父亲回忆起来，说那狗应该属于西施或京巴之类娇小、可爱的玩赏犬。她没有名字，父亲依了她的长相管她叫"小狮子"。

那个时候，每天吃完晚饭，父亲就用彩色粉笔在小黑板上稚拙地写下戏曲曲目，一本正经地挂在大门口，再让太爷爷按照曲目顺序打开留声机，支起宽大的竹椅。每每这时，留声机里"咿咿呀呀"的唱戏声就招来许多小孩子和许多大人聚在太爷爷家干净的小院里。父亲和小孩们在竹床上玩耍，趴在床边看小狮子撒欢。太爷爷倚着竹躺椅，"吧嗒"着长烟管和老哥儿们聊天。曾经饱经战乱的华北平原上的人们在尽情享受着安定、祥和与闲适。这样的享受每天都要从傍晚持续到月上中天。

直到现在，父亲仍对那些追打玩闹的童年伙伴、对那些带给他无尽欢乐与荣耀的稀罕物件、对夏天纳凉的场景记忆犹新。他还记得那些周而复始地播放过的戏曲段子，还记得从麦田深处飘过来的夏夜的馨香，还记得农家小院的墙根下发出的悦耳的虫鸣，更记得和太爷爷走二三十里路赶集时跟在身后的小小的身影……怎么能忘？那是父亲无忧无虑的童年，是太爷爷含饴弄孙的晚年啊！而小狮子就一直存在于爷孙俩的晚年与童年的生活中，虽然她只在他们的生活空间中占据了一方小小的天地，但在他们的记忆中却烙下了清晰的痕迹，挥之不去。

这一切都缘自"小狮子"是条雌性犬。

当谷物成熟的秋天到来时，小狮子长大了。村子里远远近近的雄性土狗就开始接二连三地往太爷爷家跑。他们有的在门外不停地徘徊，不停地狂吠；有的用粗壮的爪子把大木头院门抓出了道道深沟；有的一次次蹿上高高的墙头，扒落了墙头的砖瓦；还有的整夜地呜咽低吼……这样的情况终日不绝。我开始感叹"窈窕淑女，君子好逑"。太爷爷则开始厌恶小狮子，打心眼里厌恶，他把这些日子的不安宁归罪于小狮子的日渐成熟，尤其是当他修补破损的墙头和沟壑纵横的院门时就更加憎恨小狮子。一辈子行医行善的太爷爷想出了最为残酷的惩罚小狮子的办法，那就是把她远远地扔掉，让她找不到家门。我又在想，是不是"自古红颜多薄命"是条铁律呢？

冬天就要到来了，太爷爷和村里的人们都在为过冬做准备。没隔几天，就有村子里的人赶着马车到50多里地以外的小火车站拉煤。

一个深秋的早晨，太爷爷瞒了父亲，把小狮子装在一条麻袋里，松松地扎了口，放到马车上，叮嘱车夫"扔得越远越好"。小狮子并不知道主人不喜欢她了，不想要她了，她以为又要带她去赶集，便兴高采烈，乖乖地任凭主人摆布。

马车伴着悦耳的铃铛声和清脆的马蹄声远去了，被束在漆黑麻袋中的小狮子，也许在左右摇晃的马车上睡熟了。她怎么知道，此时她是那么多余，没有人关心她的生命，没有人关心她的温饱，她将面对与那个农家小院里截然不同的生活。她真的是大难临头了。

年幼的父亲在没有了小狮子的日子里过得闷闷不乐，但时间久了，也就渐渐淡忘了。他又不断拥有了新的稀罕物。

华北平原的冬天异常寒冷，几场鹅毛大雪把大地封得严严实实。小狮子已经被丢弃两个月了，如果没有被谁收养，她是无法战胜严寒和饥饿的。

快要过年了，全村的人都忙着蒸馍馍、贴窗花，整个村子被一种红彤彤、热腾腾的喜气包围着，忙碌的人们没有谁会在这个时候想起那只在夏夜的小院子里像耍狮子的小狗。

一个雪后的清晨，该是腊月初八吧，满村飘荡着腊八粥的甜香，太爷爷腋下夹着一卷写好的鲜红的对联，踩着厚厚的积雪，"咯吱咯吱"地走到院门口。推开院门的一刹那，太爷爷惊呆了。他分明看到一团小小的身躯蜷缩在积雪上，身后是一串深深的小脚印；那本来黄白相间的皮毛已经看不出颜色，在白雪的衬托下越发灰黑，像一团用脏了的抹布。见到太爷爷，小狮子的眼睛一下子焕发了光彩，欢蹦乱跳、摇头摆尾地扑了上来，终于到家了！她轻车熟路地跑进屋，向每一个家庭成员打招呼。一跑起来，太爷爷才发现，她的一条后腿残废了，从留下的伤痕可以看出，那是被夹黄鼠狼的夹子卡断的。太爷爷在惊诧小狮子的顽强生命力的同时，依然厌恶她，这次是因为她瘸了。于是，太爷爷在思忖着下次应该把她丢得更远些。

我听后也很惊诧，两个月来，天寒地冻，小狮子经历了怎样的磨难啊！我不得而知。当她钻出麻袋找不到家时，她害怕吗？绝望吗？她恨主人吗？没有，她认为是自己跑丢了，一定要找到回家的路，这成了她生存下来的信念。她认为这是自己的家啊，自己应该生活在这儿。人们不都在过年的时候回家团圆吗？那她也历尽千辛万苦地回来。那天真饿啊，为了吃到一块装在木盒里的肉骨头，小狮子一头钻了进去，随后"咯哒"一声，她的右腿被夹折了。可不管怎样，毕竟回家了，真高兴啊！小狮子怎么知道，主人已经真的不喜欢她了，正计划着再次丢掉她。我也一直在惊诧，太爷爷就真的没有被小狮子的忠诚和不容易所打动吗？我有点为小狮子打抱不平了。

太爷爷毕竟是善良的，他没有立即丢掉她，而是把她好好养了起来。两个多月后，春天来了，当村子里的狗开始闹春的时候，太爷爷决定再次扔掉小狮子。这回是托一位串远门的亲戚，把她带到80多里地的外村，到那里去要渡过一条河。太爷爷一定认为，那条河是小狮子不可逾越的天堑。然而，一个多月后，小狮子又回来了。

太爷爷有股子倔劲儿，他不相信小狮子居然扔不掉。以后，他又把小狮子丢弃了三回，一次比一次扔得远，可小狮子找回家的时间一次比一次短，她好像在和这个倔老头较劲，不断地用她的忠诚和机灵与命运抗争，而每次的胜利者必定是小狮子。我始终想不明白，也无法知道，她到底经历了怎样的过程，一次次实现着"回家"的信念。

1954年，又是一个夏天，太爷爷要带9岁的父亲转到北京上学，并在北京住上半年。临走时，太爷爷决定把小狮子带上火车，中途停车时丢掉。他倒要看看小狮子不过是条小狗，到底有多大的灵通，让他这个德高望重的老人屡屡失败。父亲畏惧太爷爷，虽然心中不情愿，也不敢反对。

火车风驰电掣般开出两站地，半夜临时停车时，太爷爷再次丢弃了小狮子。太爷爷坚信这回她再也不能回家了，就是鬼使神差回了家也会吃闭门羹。

半年后，太爷爷带着放寒假的父亲回老家过年。傍晚下的火车，那时候没有汽车，没有自行车，完全靠徒步，要赶100多里地路。天越走越黑，越来越冷。已经走到下半夜了，父亲又冷又饿，实在走不动了。这时，恰巧路过一所乡村小学，太爷爷决定带父亲到学校过夜，等天亮再走。爷孙俩刚刚走近小学校，就听到大门里有狗在狂叫。太爷爷边叩门，边护住父亲，生怕父亲被狗咬伤。一位看传达室的老人出来开门，门刚开了条缝，就从里面蹿出一条狗，跳着、叫着扑向太爷爷和父亲。她没有扑咬，而是像久别重逢的老朋友一样在爷孙俩的脚边绕来绕去，摇头摆尾，激动万分。待传达室的老人用手电照亮，爷孙俩才看清了，居然是小狮子！她依然不记得主人对她的冷漠和残酷，依然不在乎主人是否喜欢她。她一定认为，这辈子再也见不到主人了，却没想到，又是在快要过年的时候和主人团圆了，又能回到那个熟悉的小院子了！她变成了这个世界上最幸福的小狗。

传达室的老人说，小狮子是在半个多月前一个风雪交加的夜晚，在小学校的门口捡到的。她当时又饿又冷，已经不能动了，蜷缩在茅草窝里。把小狮子捡回来后，喂了水和食，很快她就精神起来，还能看院门了。末了，老人一声叹息："小命活得真艰难啊！"

我不敢想象，也想象不出，小狮子是怎样拖着一条残腿，步履蹒跚、忍饥挨饿地奔走在寻找家园、寻找主人的路上。我在想，抑或她果真又回了家，可怎么也找不到主人，没有主人的房子，那还是家吗？她不得不东奔西走，苦苦寻觅着那个温暖的地方，那是她的天堂啊！在这个过程中，她是不是还要防备其他野兽的袭击？是不是还要奋力游过河湖？是不是还要躲避人类的追打？她多么执着、多么辛苦啊！而她所承受的这些苦难，全部缘于我们人类的一个不良的想法，一个轻易的举动。这是多么的不公平啊！

这回太爷爷一句话也没说。他认定了小狮子扔不得，她有灵性。

第二天天刚亮，爷孙俩谢过传达室的老人，上路了。在他们的身后，多了一个小小的、活泼但有些蹒跚的身影。

后来，父亲到北京上学。太爷爷和小狮子依然生活在那个农家小院里，相依为命。

再以后，确切地说，该是四年以后，北京的一家医学研究所到村子里收狗，要大家积极支持祖国的医学研究。虽然太爷爷一辈子行医，懂得医学对人类生存的重要，但当小狮子再次被装入麻袋时，这位一生倔强的老人像送别亲人那样，禁不住老泪纵横。他知道，这回小狮子是真的回不来了。

小狮子最终献身于祖国的医学事业。

此后，小狮子带有传奇色彩的故事在当地流传了很久很久，深深触动了我的祖辈、我的父辈和我，将来我会把这个故事再讲述给我的朋友和我的孩子。

我不知道，天堂里的小狮子是不是也会在竹床下钻来钻去？但我知道，在父亲的记忆中，小狮子的身影始终跳跃着、跑动着、蹒跚着，让人不忍回想。她带给父亲的是荣耀、是欢乐、是人本善良的顿悟。而她带给我的是深深的思考。

想一想，这样一条生活在半个世纪前的农村的小狗，居然具有这样大的性格魅力，她坚强、隐忍、忠实、善良……然而面对这一切，作为人，我会感到惭愧。我不知道，当我面临巨大困难或者生存危机时，我能不能表现出小狮子那样的勇敢与坚韧；当有人令我身陷困境、无法自拔时，我能不能表现出小狮子那样的大度和宽宏；当一项崇高的事业需要我奉献一切时，我能不能像小狮子那样义无反顾。

我想，自然界的万物该是相通的，所有生灵该是生而平等的。对于可贵的生命，我们不该关怀吗？哪怕她只是一条生活在农村的小狗。

那年、那月、那狗，是我心中永远的情结。

我一直认为，所有的生命都是平等的。因此，文中小狮子的人称代词用法与人类等同。

为了纪念这个可爱的、为人类献身的小生命，5年前，按照父亲的描述，我养了一条和小狮子一样可爱、精灵的小狗，直至今天。从她身上，我真实地感受到，人与动物之间爱的存在。

她的名字叫头头。

任性的小黑狗

[波] 扬·格拉鲍夫斯基

我有一只猫，白白的颜色，毛茸茸的，那绒毛如同丝绸一般。它的亲祖母是一只名副其实的安哥拉猫。我们为自己的猫取名为普夏。

这是一只令人着迷的猫咪。它与我真诚相处，交情深厚，这是我的动物中少见的。

它常常在我写字台的灯下待上几个钟头，它在打盹。但时而睁开眼睛——浅蓝色、像矢车菊的颜色，全神贯注地注视着我。然后站起身来，弓着腰，呈优美的马蹄状，再无拘无束地打着哈欠，连它那玫瑰色的咽喉也显露在你的眼前。当它再次伏到灯下时，总不忘记对我说上几句关切的话。

"我亲爱的，你每天晚上读得太多了！"它用温和的语调责怪道，并把自己毛茸茸的尾巴横放在已打开的一页书上，或者巧妙地伸出一只爪子阻挡钢笔在纸上移动。

"写得够多了，"它劝我，"该睡了。一日之计在于晨！"

普夏有一点很怪。你们当然都知道，几乎每只公猫或母猫都善于在狭窄的屋檐上，在屋顶上行走。我说"几乎每只"，是因为普夏正好不能做到这一点。它会感到头晕，而且会像石头那样掉到地上。

无疑，可怜的小生命并不明白为什么会这样。起初我们也不知道我们的普夏为什么一会儿从屋顶上掉下来，一会儿又从树上掉下来。摔得很重，不像其他猫用爪子着地，而是被摔伤了。然后就接连几个星期无法站立。

我们发现真正的原因之后，就尽可能地不让它爬得太高，以免它摔伤。

那年五月之前一切都很好。记得那一年丁香花尽情地开放。普夏有了自己的孩子：三只白色的毛茸茸的小家伙长得一模一样；都有红红的爪子和像火柴一样长的小尾巴。小猫眼睛睁开之前，普夏一直不离开它的住所——篮子。但是当小猫视力健全而且变得更加活跃时，它就开始外出狩猎。有一次它爬上了白蜡树的顶端。

于是摔了下来。而且竟如此不幸，以致别无其他选择，只能把它埋葬于我家南墙边的一棵白玫瑰下……

我们的达克斯小黑狗穆哈出席了这次葬礼。它闻闻猫就走了。谁也没有注意它。应当说，穆哈是条特别任性的狗，尤其是当它有小崽子的时候，我们宁可不去干涉它的事务。

主要的是，这条小狗胸怀非常狭窄。它会无缘无故地哭叫着离

狗趣

开家门，显出一副受委屈的样子，似乎从此一去不再复返。但是，几小时后，穆哈又出现在院子里，好像任何事情都没发生过。而且随便遇上什么人它都会首先扑过去。

有时它比糖还甜，有时不知何故，会突然像黄蜂一样蜇人。总之，它是一位任性的女士。

埋葬了普夏以后，我们开始考虑如何对待几个孤儿的问题。用奶头喂养？也许可以试试。反正试试不是受罪。用奶头喂养这么多小猫崽，我们的确不抱太大的希望。

但是，我们总不能让普夏的幼小猫崽听天由命吧。我们来到普夏的篮子所在的板棚。我们朝里一看……空的！连猫崽的气味也没了！

哎呀呀！不瞒你们说，我感到脸红。我对可怜的普夏的孩子照顾得还是不错的——还是让它们失踪了！真没料到！……

还得承认，我有个不祥的预感。我记得，不久前我曾在院子里见到过对面的多勃曼狗——洛尔德。这是一条既贪吃又愚蠢的狗。一转眼工夫它就能把不幸的猫崽吞掉。为了避免发生意外，我们不停地寻找猫崽，劈柴被根根搬过，查遍了每个角落。毫无踪迹！唉，怎么办呢？失踪了！我们甚至决定不让洛尔德踏进门槛。这是我们所能采取的全部措施，是吧？

过了一个星期，也许还长一些。洛尔德突然出现在院子里，而且直奔露台而去：在露台地板下的深龛里有一个装钉子的旧箱子，穆哈在那里建立了自己的育儿室。

穆哈迎向洛尔德，既不发出警告，也不吭声，对着它的鼻子咬了一口。于是洛尔德像被一阵风吹得无影无踪！而穆哈回过头去看了它一下，再一下，然后就神情庄重地迈开短短的四肢，晃晃悠悠地向露台下的箱子走去。

那里只不过是发出一声尖叫。它又是抱怨，又是责备！它大叫了一通，大哭了一场，然后就一面继续愤怒地叫喊，一面开始打扫育儿室。

这是常有的事。它先是小心翼翼地把小家伙们从箱子里叼出来，然后清理干草和破布，这些破布是它为了自己的孩子从各处拖来当作床单和襁褓用的。

我看到穆哈拖出一个正在尖声哭叫的小崽子，黑不溜秋的，活像它的妈妈。接着拖出第二个。我们知道它只有两个孩子。当穆哈重新爬进箱子里去拖东西时，我感到很奇怪！它十分小心地又拖出来一个……小猫咪！白色的小猫咪！小普夏！一个，两个，三个！……整整一窝。原来，当我们把这些孤儿全部忘掉时，穆哈却不但记住而且收养了它们。

"小穆哈，你是条非常可爱的小狗。"我一面说，一面向它靠拢。

而穆哈侧面对着我，用身子挡住自己的孩子，向我投来不信任的目光。

"什么？你想要干什么？我不喜欢别人干涉我的家事，懂吗？"它唠叨着，防御性地对我龇龇牙齿。"让我们各行其是吧！"它嘟哝了一句，又开始清理自己的床铺和收养的孩子。

从此以后，我们谁都不去查看穆哈的箱子。过了几天，穆哈家的全体成员都已自由自在地漫步在露台下，而且极其和睦地喝着克里西娅带给小家伙们的牛奶。

有一天，穆哈把自己全家带到地面上——到水边去散步。

只有在这里，可爱的小狗才惊奇地发现，它自己的孩子大大逊色于养子。黑蜥蜴——穆哈的孩子们——不如其他小狗灵活。而猫崽！那还用说，这些小猫崽多么灵活，多么敏捷啊！

穆哈不太喜欢它们的猫作风。小普夏们还因为自己的冒险举动——试图爬上井架——而受到训斥。

穆哈警惕地注视着猫崽，像保护自己的眼珠一样保护它们并按自己的方式对它们进行教育。小普夏们也长得活像狗。它们甚至想汪汪汪地叫，与小穆哈一样，生来就会尖声哭叫，对着一切运动着的东西狂吠。当小猫对着随风飘扬的床单跳动并使劲叫唤时，那场面多么有趣啊！

但是，一切都会结束。穆哈的达克斯小狗长大后都各奔前程，当了佣人。小普夏们也找到了自己的主人。我们只留下一只毛茸茸的白猫，活像它的妈妈。它已经过着猫本来的生活。它自由自在地漫步在屋顶和树梢上，因为它没有继承妈妈的头晕病。

它经常连续几周无影无踪。但是，一回家，它就睡到穆哈住过的装钉子的旧箱子里去。穆哈老了，但仍很可爱，还是有些任性，不过这也无伤大雅，对吗？

（傅俊荣，吴文智　译）

瞎子、孩子与狗

喻丽清

小乔放学回来，神色沮丧。我手上沾着面粉，给她开门，门把上都留下细白细白的粉渣。她也不理我，也不脱鞋，径直走到自己的房里去。

我回到厨房，一面在水槽上拍净两手的面粉，一面朝着她的房间喊："陈阿姨给了我一张新食谱，要不要来帮我忙？"

她悄悄地走出来，两只大眼已经开始"水灾"起来，我轻声道："怎么搞的？"

她还是不说话，坐到厨房地板上解她的鞋带，一面用袖子抹眼泪。白球鞋系着一条印满她英文名字的虹彩鞋带，那还是用她第一次赚来的钱自己买的。

"要是功课考坏了也没有关系嘛，反正申请大学从九年级的成绩算起。你现在八年级，管他呢。爸爸不高兴，顶多噜苏你几天，你只要当没有听见就行了。"

　　我的老毛病又犯了：因为疼怜女儿，不惜出卖丈夫。

　　小乔摇摇头，拎起脱下的鞋往客厅走道的鞋柜走去，我听见她扔鞋进柜里的声音和她的回答：

　　"我今天在地下车站看到了老黄毛。"

　　我听她声音已经正常，便放心继续揉起面团。

　　"它跟胡里欧太太都好吧！"我说。

　　小乔在餐桌旁边，很不开心地坐下来，一张小脸撑在两只手掌上。

　　"胡里欧太太有个小宝宝啦。她在车站等车，胸口前挂个印第安人的布袋，里头有个白胖宝宝，又流口水又乱抓胡里欧太太的头发。"

　　"老黄毛一见我，又兴奋又想叫又忍着不敢放肆。它陡地一下子站起来又赶忙坐下去，呜呜地跟我打招呼。胡里欧太太踢了它一脚。"

　　"我说：胡里欧太太，是我，乔，在盲人狗训练中心当小老师的。她听见是我就笑了，不好意思的样子。她说老黄毛还是很乖，就是自从她有宝宝以后，也不知道是老黄毛懒了还是宝宝太烦了，总觉得老黄毛像是没有以前灵了。她又诅咒上帝，连她那百分之零点几的视力也不给，现在她真的瞎了。"

　　"后来，他们的车来了。我搂老黄毛亲了一下，跟它说：你去吧。它站起来，牵着背了宝宝的胡里欧太太走进车厢。胡里欧太太在盲人座上坐下来就抽紧皮带，在手上绕了几圈，把老黄毛勒紧在她脚边。"

"胡里欧的宝宝真是讨厌啊。她小脚从婴儿袋里伸出来，刚好可以碰到老黄毛的头，她老踢着老黄毛玩儿。"

"老黄毛乖乖在盲人座边坐着，拿眼睛紧紧盯着我……门关起来，车开走了。妈妈，老黄毛的眼睛好亮，好亮，好像在哭。它好好啊……那么勇敢的样子，好……好懂事啊。"

两行热泪沿着小乔的面颊流下来。顾不了手脏，我把她拥进怀里。

三年前，我带小乔参加过一次"保护动物协会"的"狗友俱乐部"聚会。我们自己并没有养狗，住在寄人篱下的公寓里，万事要看房东的脸色，连怀孕都不敢呢，何况养狗。可是因为小乔的中国同学小玉母女相邀，我们也不便拒绝，便一起同往。

聚会里，我们认识了盲人狗训练中心的狄克威博士。不知道为什么，狄博士特别欣赏小乔，说看得出来她是个有耐心、负责任的小孩，并且她处在那么许多别人的"爱狗"之间，一副"大公无私"状，甚是"天才"，正是他的训练中心所需要的那种"小老师"。

不久，小乔便与狄博士签了合约，受聘于狗学校，每天放学去工作两小时，每小时工资五元，我亦在一张"未满十八岁小孩"的工作同意书上签了名，做起小乔义不容辞且无工资的接送司机来。

还记得跟小乔去"狗监牢"选狗的景况。

狗监牢关着许多街上抓来没有牌照的野狗或者遭人遗弃的狗。几乎每天都有人悄悄在狗监门口弃置些刚出生的小狗，不然说是狗医打电话来怨诉，把主人不肯付诊费而医院供养不起的狗送狗监牢收容。狗儿们三三两两关在一格格铁丝网的笼子里，笼子门口分别挂着狗儿进牢的日期。为免狗满之患，据说每隔一星期就得提一批"囚犯"去"安乐死"。

我们去的时候，狗警正在给一篮小狗编号。三只黑白花的小狗儿刚刚塞满那只竹藤编篮，篮里还垫着一块红色花巾，可见狗主丢弃时亦有不舍之情。狗篮子上系着一封短笺：

希望你们为这三只可爱的小狗找到好家。我们在狗妈妈与小狗之间所做的抉择是这样的不得已，使我们明白"人道"是多么动听却又是多么难于实行的事。

狗警摇了摇头，不知是自语还是对我们说：

"世间多得是不负责任的爱呢！"

小乔正想伸手去抚爱小狗，狗警立时拦阻：

"别碰。一碰生爱，等你走出这里大门的时候会不好受。狄博士要我给你们推荐一只两岁左右的土狗，学习力强，心地又厚，容易训练。"

他领我们到最后一间狗房：

"这里的狗，明天便要就死。我建议你们在这里拣一只，也好救出一条狗命。"

小乔一面点头称是，一面流露出痛惜的眼光。狗警接着又说：

"狗跟人有时真相像得厉害。你看看笼子里的狗，有的仍是无忧无虑不知死之将至，有的一见人来就百般谄媚求人饶命，有的整日畏畏缩缩怕兮兮的。只有那一只，你瞧……"

我们看见了老黄毛。眼睛好亮好亮，仿佛含泪，然而却又神色安定直挺着腰身坐在那儿望着我们。它好像已经非常明白自己的命运，却又不屑于跟别的狗一样叫叫嚷嚷，躲的躲，讨好的讨好，卖乖的卖乖。一副"好汉"状，反叫人一见心里发痛。

"我们要它。"小乔立刻说。

老黄毛出了狗监，绕着小乔的腿转了好几圈，压着嗓门呜呜地叫，在阳光下又昂着高叫了两声。它一会儿冲跑到我们前头，狗学校给我们的狗圈都拉不住，小乔险些儿跌倒；一会儿它又往后头跑，不知所措一般。不久，就安静下来。等我们送它去狗学校"住校"，临走时，它竟很有节制地只朝我们摇摇尾巴，眼里又涌现那种勇敢悲壮的神色。我对小乔说：

"老黄毛真有大将之风。"

"什么意思？"小乔问。

"就是绅士，老黄毛是个绅士。有你这位淑女当老师，真好。"

"妈妈，要是我们不住公寓了，可不可以把老黄毛接回家去？"

"不成。你难道忘了？狄博士说的，这些狗是为了给盲人带路才训养的，他们将来不是你们的，是盲人的。不能有私心啊。"

按照狄博士的理论，用孩子来当老师比"大人老师"铁面的刻板训练效果要好得太多了——除了省钱之外。因为孩子有纯洁无私的爱，在训练时会不知不觉教给狗儿，狗儿因之亦可以回报到盲人身上。并且，这份爱可以使得训练期间缩短许多——又可以节省下不少的经费。

　　小乔真是喜欢这份工作。晚饭桌上从来没有不夸赞她那位"学生"——老黄毛的。我去接她"下班"的时间是愈往后延了。有一次我去接她,狄博士找我到办公室"密谈":

　　"爱玲,我不能不告诉你我的忧虑。我看小乔太爱老黄毛了,将来必要伤心。"

　　我心头一震。完了,我的不安,我很早便开始的迷糊的不安,终于眉目清楚地来到眼前。

　　归途,我对小乔说:

　　"我已经替你给老黄毛选了'亲家'。是位胡里欧太太,她车祸伤了眼力,快要全盲了。现在她又怀了孕,快要有孩子,我想她是狄博士那些盲人名单里头最可怜最需要盲人狗的人了。你说,好不好?过些时候,我们就可以把老黄毛'嫁'出去啦!"

　　小乔不说话,晚餐吃得无心,到睡时才说:

　　"妈妈,我想我这辈子不要嫁出去,好不好?"

　　我的泪几乎被她引出来。我也舍不得老黄毛啊!

　　"结业"那天,一共来了十位盲人,胡里欧太太是其中之一。他们由"小老师"手中接过受训完毕的狗儿,在操场上练习了一次。操场上有坑有柱子有石块,坑是台阶、柱子是红绿灯、石块则是障碍物。狗儿带着盲人一一过了关,就算毕业。也有毕不了业的,要再接受训练,盲人则失望地回去,再等下一期的"结业"式。

　　老黄毛与胡里欧太太似乎有缘,搭档得极好。狄博士握着小乔的手说:

"老黄毛是有个极好的老师之故。恭喜你，小乔。"

小乔骄傲地笑了。我看到她眼里居然也有了老黄毛一样的神色——勇敢而悲壮。

分手时，小乔搂着老黄毛亲了又亲，然后，站起来领它到胡里欧太太的车上。胡里欧先生一再道谢。老黄毛在后座上探出头来朝小乔呜呜低鸣，像我们第一次见面，领它走出狗监时的那种声音。世上至乐与至悲也许是不容易划清界限的，车要开了，小乔只说：

"老黄毛，你去吧！"

狗和孩子，一样的神色。

我走过去，轻轻唤了一声：

"小乔……"

她紧紧抱住我，泪水一滴滴滑下她天真无忧的面颊。

像现在一样。

啊，在人生这个爱的漩涡里，我是应当怎样教导我的孩子才能使她不至于惨遭灭顶呢？

一条野狗

梁实秋

野狗当道，有司捕杀之，吾无间然。

夜深人静，常听到犬吠之声盈耳，哀而且厉，随即寂然。我初以为是狗屠出来猎狩，收集香肉，供人大嚼。后来听说是市府派出来的专人收捕野狗。他们的猎具简单，一根棍子，顶端系上一个铅铁丝圈的活套，瞄准了套在狗颈上面，愈拉愈紧，狗便无法挣脱。提起狗来往停在路边的车子里一甩，凑足了十个八个，送往拘留场所，三日无人认领，则聚而歼之，无稍贷。对市民而言，这是德政。

从前我的居处楼上有人养狗，我从未见过这狗，不知其为雌雄、妍媸、胖瘦。但是狗准时狂吠，准在黎明的时候以极不悦耳的短促而连续的声音嗥叫，惊醒上下左右邻人的清睡。熟睡中被惊醒是很难受的。古人形容人民之安居乐业的现象之一是"狗不夜吠"（见《后汉书·循吏传》），有一天菁清在电梯中遇到狗主人，说起这条狗，委婉地请求她能不能"无使犬吠"。狗主人反问："你搬来多久了？"菁清说："将近一月。"狗主人说："我在此地养这条狗将近三年了。"言外之意是，她和她的狗已经是资深的住户，一切早已定型，传统不容置疑。我闻之不禁太息，有其人必有其狗。可是睦邻要紧，何况这狗不是野狗，所以这桩事只好列为百忍的项目之一。忍了两年，忽不闻犬吠，人犬俱杳，大概是搬走了。

历史重演，我现在住的地方又有一条狗半夜里汪汪的叫，不是在楼上，是在街上，原是一家店铺豢养的一只母狗。店铺关门，狗被遗弃，变成了野狗。它在附近餐馆偶然拾些残羹剩炙，苟全性命，但是瘦骨嶙峋，棕黑色的毛脱落了一半，同时还长满了虱，别看它这副肮脏相，在一群落魄的公狗的眼里，它还是眉清目秀的。果然，有一夜晚，一群野狗狺狺然骚动起来，争相追逐这只可怜的母狗，结果是不免。群狗哄散，不久这条狗就大腹膨亨了。大概狗在怀胎期间格外容易感觉到饿，所以它叫得格外凄厉。菁清和我时常外出就餐，偶有剩余的菜肴便大包小包的携带回家，菁清没有浪费的习惯，归途遇见这只母狗，菁清顺手打开包裹，投以肉骨之类。一只狗真正饥饿的时候，饥火中烧，忽然看见肉骨，饥火会从眼里直冒出来。它急急忙忙的大口吞嚼，咔嚓咔嚓之声可闻，还不时地左顾右盼，唯恐谁来夺食。吃完之后，还要舔地，好像是意犹未尽。菁清索性以全部剩食投赠，它如风卷残云一般吃得一干二净，饿狗得食，那份满足的样子给人印象至深。此后我们就时常喂它，它好像认识我们了，见到我们就摇它的尾巴，这是它的礼貌。我们只是"随所见物，发慈悲心"（莲池大师语），并不是对这只野狗有所偏爱。

有一天，楼下餐馆主人说，那只野狗利用他后门外的一角空地产下了五只小狗。菁清就劝店主喂养它们，店主也答应了，只是把三只小狗送人，留下两只。我们看见了这两只，肥肥胖胖，满地打滚，一白色一棕色。天地之大德曰生，狗也在一切有情之内。现在母狗长得丰满了，皮毛也显著悦泽，母性焕发，怡然自得，再也不黎明狂吠扰人清梦了。我们为它庆幸，"得其所哉"！尤其是看它喂奶给小狗吃的那副舒坦的样子，令人兴起愉悦之感。

忽然有一天餐馆主人告诉我们，那条狗被抓走了！我们立刻就想到捕狗人员用铁圈套狗的样子，不免戚然。问店主要不要去认领，他摇摇头。"那两只小狗怎么办呢？"他说："我们会喂它！"说着说着那两只小狗跑过来了，依然欢蹦乱跳，满地打滚，不晓得覆巢之下岂有完卵！我知道那条狗还可以苟延残喘三天，这三天中，我不时地想到了它。三天过后，万事皆空，它的影子仍然不时地浮现在我心里。这条狗并不优美丰姿，比起什么狮子狗、狐狸狗、哈巴狗、牧羊狗、大丹狗、香肠狗、牛头狗……都差得远。我没有抚摩过它，只是偶有一饭之恩，奈何三日已过而仍萦绕我的心怀？我的心怀已经是满满的，不能再容纳一只无家可归惨遭捕杀的野狗。我想唯一的释怀的方法是把这一桩事写出来，也许写出来之后心里就会觉得释然。试试看。

狗

陈冠学

男人的生命角隅里似乎天生就摆着一只公狗窝，一如他的屋子里摆着一张供女人睡的床一般。坐在屋檐下，脚边伏着一只公狗，忠心的，朋友似的，兄弟似的，这么一个异形体的盟伴。它或者伸伸火焰似的舌头对他吐吐气，或者翻起眼睑来看他一两眼。走起路来，二者如影随形，两个心灵永远那样贴近，预备随时并肩协力，却是全用不着言语。这是生物界稀有的奇特景观之一，两个生命套在一个框子里。

因着这个生命框子，便不难理解，有人口处就有狗口；即连科技渗透一切的现代大都会，看似全无容狗功能处，而狗口依然跟随都市人口而生长。男人生命内里确是自始就带着这样一个异形体的兄弟或盟友，为男人所不可或无。当然女人也不是不爱狗，女人是男人的一半，凡男人之所爱，她自然也有一半的爱着。不过女人总是将狗当宠物，因此她们真正喜爱的多半是小形体的狗种，这跟男人本性里那并肩协力的盟友之爱是有些出入的。

平生只饲过一只公花狗，跟平生只养过一次猫一样，令我不时的热切怀念。看着别人带着一只狗走在路上，异常羡慕，过去自己带着公花狗一起走路的温馨感协力感，便不期然地油然而生。人生，一段段地过去，无可奈何地过去了。即使有机会再饲一只狗养一次猫，年事已非往昔，过去绝非可以重演，触心将多于赏心，想想，还是算了，因此我不再饲养猫狗。说我是对猫狗一往情深也好，对人，反而少有这样情深的心境。人跟人之间，总是有遗憾，总不似人与物的融融无间。

虽不饲狗，却满目是狗，夜里不时可听见狗吠，蛰伏蜗居，白日里也不免有狗来访。听见一阵沙沙的枯叶声，那准是狗口走入果园，你哪里晓得有一只狗伏在枯枝堆后，贴着耳朵，尽窥伺着，好像它是小偷，正犯着罪行，生怕你发现了它，将它揪了出来似的。待你走近枯枝堆前，它委实急慌了，不得不不顾一切地蹦出来，一溜烟，向天之边地之角逃窜。你说它是什么样的狗呢？它，不折不扣是只魁梧雄伟的大公狗哩！然而它自知理亏，羞于见人，其实它只不过走进果园来散一会儿步罢了。你说，它可爱不可爱？

有一对狗，都是公的，同是土黄色的皮毛，大的一只形体类似瑞士高山上的救生犬，称得上是硕大。小的一只，其实体形比一般土狗还粗些，只是跟身长身围对比起来，腿脚嫌短些。这一对狗，一前一后，一只垂耳，一只竖耳，老是横着果园走过，一天要过十来回，永远循着一条固定的路线走，一步不差，日久居然走出一条结实的蹊来。徐仁修先生看见了，啧啧称奇，还拍了照。它们是哪一家的狗呢？来来去去，由这一头入，由那一头出，不知道到底在忙着些什么？静静地在一旁观看，看久了仿佛觉得看见两个穿了登山服的探险家，正在走向他们的征途，一前一后，还不停地在讨论着些什么。但它们一天往复走好几回，则又不像是探险家了。不管它们像什么，它们从这一头或那一头出现，我就觉得它们仿佛是两个人类，我一直是这样的感觉。这一对狗为什么老走这条路，我一直不解。而这一条路也只有它们两个走。但不论如何，我一看见它们，心里就感到愉快。它们是一对好友，没有第三者的一对好友。若有一天它们消失了，我定会怅惘无似。有时候我也会循着它们的蹊走一遭，蹊的两旁尽是草，我一向敬重果园里的草。我试着想象我也有一个好友，我们每天来来往往走出了一条小蹊径，一前一后，边走边谈论着，那情景多么令人向往啊！不久前看见那只救生犬颔颈上套了项圈，还拖着一条铁链，很为它担忧，生怕它给卡在某处脱不得身。果不出所料，半个小时后，它们又从南边那一头进来了，在北边那一头，铁链就挂住了，挂在铁蒺藜的刺尖上。那小的一只在前，竟未曾觉察，留下那只救生犬默默站在那里。若无人救它，它饿死前定会先渴死。我走了过去，它恐惧地朝我狂吠。花了约五分钟的时间，我用友善的声音让它安了心，然后解除了钩挂，它却依旧站在那里不走。心想直接解除它的项套才好，只是恐怕有几分冒险。我将铁链向前方丢了过去，它才晓得是解开了，望了我一眼，拖着链条，向前走去。我颇为它担心，万一它在别处又挂住了，怎么办？自那天以后，有半个月了，未再看见那一对狗，心里未免大大地狐疑着。它，生死未卜，希望是给它的主人链住了才好。

谁能像老天那样兼容并包，无选择无好恶之情地接纳一切？世人也许无有。果园里前后来过两只癞透了的大狼狗，在先的是只母的，后来的是只公的。那公的引我厌恶的时间并不长，不久不知所终。那母的一只，令我厌恶到了极点。一个人不曾看见过癞透了皮的狗，便无法想象那嫌恶人的情况。它遍身没一根毛，它那没有毛的皮看来仿佛是铅片打成的，到处是褶裥，是疙瘩，还发着恶臭，而且步伐踉跄，东倒西歪。敞棚里摆着四把蚶仔椅，那是家里接待客人的半露天客厅，每早起来，都看见它窝在椅子上睡，午间又来窝着午睡，每把椅子它都睡，一回睡一把，每次都掉下许多痂片，也有湿的卡在人造滕的夹缝里，窝囊之至。这只狗，教我每天冲洗椅子一次以上，也有这样可厌的狗。后来我发誓要打杀它，向它大声吼叫，且掷石头，它不见了，却是死在果园的另一头。

这只老癞皮母狗给了我大而持久的冲击。我是唯美主义者，唯美主义者说来是残酷的，唯美主义者一般都缺乏耐丑性，也就是说，唯美主义者对丑没有忍耐力。世人有谁能永远是年轻的、健康的？年轻健康且未必是美，何况是病态老态？唯美主义者对病人和老人，即使有爱心，能耐得多久呢？这实在是件可怕的事实。身为唯美主义者，处处遇见艰难，看见那只老癞皮母狗的第一眼，便感到莫名的嫌恶。也曾经冷眼旁观，流露出怜悯，然而终是嫌恶超过怜悯。近来，对自己也起了嫌恶。人总不能蓬头垢面见人，早起梳洗，晓镜银丝，眼看着自己一天天的越来越老越丑，禁不住厌嫌暗生，屈指距那老癞皮公狗的日子已不远，正不知将来会怎样对待自己？人生不应有丑有病有老，人可以刹那毁灭，不合受这凌迟。美人迟暮，对唯美主义者来说，这是人世最残酷的一项事实。那老癞皮公狗母狗，曾经年轻过、标致过，但愿是那时遇见！既已成了垃圾，不论在彼在此，是人是己，岂能不以垃圾处置之？

今年夏天里发现一只半癞皮狗，这半癞皮狗如今却令我喜。对于唯美主义者，这真是件不可思议的事。

那时天气委实热，到村里杂货店买东西，看见货架中间通道上磨了碎白石的地板上躺着一只半癞的狗，在那里熨凉。一阵嫌恶，不由得踢了它一脚，那只半癞皮狗夹了尾巴溜了出去。这间店是对母女开的，女儿来应门，我指给她看，这女儿轻松地回我赶它不走。我在心里自语：你幸而不是唯美主义者。其实唯美主义者并不是天生的，人格原是后天塑成的，你塑它什么主义便成什么主义。下一回去，又看见那只狗在那里，又踢了它一脚。后来那只狗一见我便自动溜出去，她们母女倒不甚介意。几个月过去了，一天，小学放学时间，这女儿的小孩子背着书包回家来，我刚走到街上，看见那只狗在半路上迎接他们小兄弟，一派的欢喜，跳上去，拦腰亲昵地咬着，多感人啊！我跟那位母亲谈那只狗。那母亲一叠的赞美，说这狗多死忠、多漂亮，还扳起它的头来，"哪，你看，它这脸多秀啊！"其实，我一点儿也看不出它秀来，它终究是只半癞皮狗。"它是顶庄的弃狗，我下田它跟着我下田，挥也不走，赶也不走，打也不走。它身上发臭，讨厌死了，可是它就是死跟着我。我回家来，它也跟回家，待在家里，不出店门一步，绝对不出去跟庄里的狗玩耍，这是只好狗。它既决心要做我们家的狗，它那样死忠，我们就收留了它，给它治虱。你看，现在它的癞皮都快好了。"母亲赞美了一阵子，女儿过来赞美了一阵子。我发表了《田园之秋》，不少读者认我是高人。若我是高人，这一对母女该算是超人了。真真羡慕她们！然而所谓超人者，不过就是个常人罢了。做高人易，做常人难，孔子在两千多年前一再感叹地说："中庸之为德也至矣，民鲜能久矣。"中庸就是平常。人类自从进入文明，人人都想出人头地，没有人愿意做个寻常的人，这使得人世大乱。人人都是高人，常人不就成了超人了吗？

村子里有只黑狗，走起路来格外威风，遇见它是件愉快的事。它已不年轻，若按照人类的年龄来计算，约当六十耳顺的年纪，怪不得它老成持重。它的乌毛不止已失去光泽，看来还有尘味，而左右臀上因着岁月的磨蹭，各结着一片比十元镍币还大些的厚茧，竖耳翘尾，臀、尾毛蓬松而微长，显见得它不是纯种土狗。我坐在长板凳上候车，它沿着这一边的路旁，缓缓地、庄重地、威风地踱过来，竖耳翘尾，昂首直视，旁若无人，好不尊严。其实它的个子并不大，土狗的中下身材，而气概十足。它踱过去绕十数步，又转了回来，依然是先前的姿态。来到我的前面时，我禁不住啧啧地唤它，它竟友善而威严地拐过来，闻闻我伸出的指尖，然后又向前踱去。我满心是欢喜，万物静观皆自得，人世只差少有静观者，因之也就少有自得者。